Autoédition Stephania Myliotou
Rue Du Congo 10, 1342 Limelette Belgique
ISBN : 978-2-9603134-3-7

LA FAMILLE PEARS

DANS LA PEAU D'ALEJANDRO

TOME 3

MYLIOTOU STEPHANIA

Ce Tome est mon bijou

PROLOGUE

Je veux t'éventrer, comment as-tu pu me faire ça ? Je n'ai jamais ressenti autant de haine vis-à-vis de mon enfant ! Comment as-tu pu aller vers un roi, et un Pears en plus ! J'ai la haine comme jamais, je suis un tueur, un vrai, Rebecca ! Je suis capable du pire, mais là… Je peux faire exploser le monde entier après ce que tu viens de faire !

Je pense t'avoir donné une bonne vie, même si on a dû fuir souvent. Tu sais pourquoi, c'est mon travail et toi aussi, un jour, ce sera le tien… Mais aujourd'hui, je me rends compte que je dois m'en occuper moi-même. Et je vais te trouver !

Non seulement tu es partie avec un Pears, tu as trahi notre mafia pour un riche, mais en plus de cela, tu t'enfuis sans laisser de trace ! Tu as bien planifié ton coup ma grande, mais tu ne sais pas à qui tu as affaire ! Je suis Alejandro Gomez et je suis le diable incarné de Colombie ! Je vais devenir ta faucheuse, sois-en sûre ! Si tu crois que tu vas vivre une vie paisible, tu te mets le doigt dans l'œil ma fille ! Je pensais que tu étais beaucoup plus intelligente que cela. Tu es une Patouzas et, au grand jamais, tu n'auras une vie paisible. Tu es née pour faire le mal et je suis ton géniteur, mon sang coule dans tes veines. Tu vas finir par faire ce que je fais, un jour ou l'autre !

Je serai le futur Chapeau Noir et tu seras mon esclave à vie. Je tuerai Mike Pears et je ferai de ta vie un enfer. Si tu penses que la mort est la chose la plus terrifiante, crois-moi, ta propre vie sera bien pire. Je sais que tu n'étais pas heureuse, tu voulais un père parfait, mais tu étais surtout une petite garce pourrie gâtée ! Ton frère et toi aviez tout ce que vous désiriez et ta mère aussi, ce n'est pas pour autant qu'ils sont allés vers l'ennemi. Jamais je n'ai été aussi déçu de toute ma vie, mes yeux sont devenus noir corbeau depuis que j'ai appris la nouvelle… Le monde m'est tombé sur la tête ! J'attendais beaucoup de toi, je me disais qu'en grandissant, tu réaliserais les sacrifices que j'ai faits toutes ces années, pour que toi et ton frère puissiez vivre votre meilleure vie, même si c'était au prix de celle de centaines d'hommes morts par mes mains.

Tu n'es plus ma fille ! Sache-le ! Tu seras mon pire ennemi, je vais te traquer jusqu'à la fin de tes jours, tu ne pourras plus jamais dormir sur tes deux oreilles. Tu passeras toute ta vie à regarder dans ton rétroviseur et jamais devant toi, car tu as le pire des pères et je suis capable de tout pour avoir ce que je veux.

Je suis Alejandro Gomez, j'ai toujours aimé le pouvoir, l'argent et les meurtres. Je suis un éternel insatisfait, je veux toujours plus et je fais toujours les pires choix qui soient. Je suis né pour faire le mal, parce que je suis le mal depuis toujours et je pensais que tu le savais. En fait, non…

Je suis ton père et le plus grand des meurtriers, je suis un fou et tu as réveillé le volcan qui sommeille en moi, le dragon qui est prêt à mettre le feu sur un village entier pour te tuer, toi !

Un jour, je serai le Chapeau Noir et la première mission de mes hommes sera de tuer Rebecca Gomez, la fille qui a trahi sa famille, les Patouzas et son père adoré, moi, qui n'était qu'Alejandro Gomez…

Alejandro Gomez

CHAPITRE 1

VISITE CHEZ MONSIEUR WAYNE ANDERSON

Si vous pensez que la famille Pears est la famille la plus puissante de Los Angeles, vous vous trompez. Elle n'est qu'une infime partie de l'iceberg ! Elle se compose tout d'abord de Richard Pears et de sa femme Jane Devis, ainsi que de leurs deux enfants, Andrew Pears et Elisabeth Pears. Richard est le cadet de la famille, c'est lui qui dirige les meurtres de ceux qui ne respectent pas la classe sociale que l'État leur impose. Georges Pears est le petit frère de Richard, ils ont seulement deux ans de différence. Sa femme s'appelle Vanessa Taylor et son unique enfant, Mike Pears. Georges gère, quant à lui, tout ce qui est administratif par rapport à sa ville, c'est-à-dire qu'il doit s'occuper de la presse pour toutes les disparitions d'hommes et de femmes. En fait, Georges doit inventer toutes sortes de mensonges et de calomnies pour pouvoir maquiller les meurtres de son frère de ceux qui ne respectent pas la loi américaine des classes sociales fondées en 1860.

Chaque ville aux États-Unis est composée de familles puissantes qui dirigent leurs États à la perfection, sauf pour Los Angeles, où rien ne va se passer comme prévu…

Les rois sont les riches de tous les États-Unis, on ne les dissocie pas sauf pour la famille Pears qui, elle, fait le nettoyage de sa ville et donc est respectée de tous.

Les bourgeois sont des personnes de la classe sociale moyenne, elles ont un bon métier et un bon revenu. Les rebelles, vous vous en doutez, sont ceux qui sont en bas de l'échelle, mais qui malgré tout font tourner le pays tout entier. Car oui, chaque État perçoit une partie de leurs business, c'est pour cela qu'existent ces trois classes sociales, car elles contribuent à faire tourner chaque État, pour le bien des rois, bien évidemment.

La famille Pears, même si elle est très importante, n'est pas la plus puissante. Il y a, au sein du clan, un chef, et ce chef a aussi un chef, et on remonte ainsi jusqu'au président des États-Unis. Richard et Georges Pears obéissent à Wayne Anderson, leur chef. C'est un homme très important ; lui aussi fait le nettoyage, quand il est nécessaire, quand il s'agit de politique au sein de Los Angeles, car même si les rois sont riches, tous ne s'entendent pas. Parfois, quelques bourgeois un peu plus élevés dans la politique s'imposent un peu trop à son goût, alors Wayne Anderson s'en occupe personnellement.

Vous l'aurez compris, la hiérarchie des rois est très solidement ancrée, personne ne peut les détrôner. Si un bourgeois ou un rebelle s'y oppose, la mort sera inévitable, ils ne peuvent y échapper. Ceux qui acceptent leur classe sociale ne seront jamais inquiétés, ils vivront leurs vies misérables, tandis que d'autres essaieront quand même de grimper par-dessus la tête des rois ; c'est là que la famille Pears interviendra rapidement. Les trois classes sociales sont obligatoires pour le bon fonctionnement de toute l'Amérique, c'est comme cela depuis longtemps et ce n'est pas demain que cela risque de changer !

Pour que Richard et Georges puissent bénéficier du statut de nettoyeur des classes sociales, ils avaient dû le mériter, et pour cela passer une épreuve extrêmement difficile, appelée *l'initiation des Pears.* S'ils avaient dû mourir pendant l'initiation, leurs parents auraient dû encore faire d'autres enfants pour pouvoir accéder à ce statut si important. Richard et Georges étaient les deux hommes les plus terrifiants de Los Angeles, ils n'avaient aucune pitié pour personne et encore moins pour leur progéniture. Pour pouvoir avoir toute cette fortune, il faut le mériter !

Andrew, Elisabeth et Mike, les enfants de Richard et Georges, s'apprêtent donc à en faire les frais. Ils doivent tous les trois passer cette initiation, qu'ils le veuillent ou non ! Si, par malchance, ils viennent à mourir, les deux frères devront avoir d'autres descendants, et si leurs épouses n'en sont plus capables, le destin de ces dernières est également tragique. Elles sont condamnées à avoir la tête coupée, et les frères prendront une femme plus jeune pour procréer encore et encore, jusqu'à avoir l'enfant qui réussira l'épreuve, celui destiné à être un Pears, un vrai !

Richard Pears se lève de bonne humeur, il prend son petit déjeuner avec sa femme et lit son journal comme tous les matins ; Andrew et Elisabeth sont au lycée. Richard est tranquille chez lui et se repose, il se promène un peu dans son beau jardin et regarde les oiseaux voler. Dès qu'il en voit un assez gros, il s'exerce à lui tirer dessus avec son arme préférée. C'est son activité matinale quotidienne afin de vérifier que sa vue est toujours au top. Et même s'il voit de moins en moins bien, il arrive toujours à ses fins.

Richard a rendez-vous avec son fidèle ami et chef, Wayne Anderson. Pour l'occasion, il se met sur son trente et un et porte son plus beau costume. Il est impatient, car même s'il s'agit de son chef, ils sont amis et il apprécie sa demeure qui est beaucoup plus grande que la sienne. Richard Pears admire Wayne Anderson, il rêve d'être à sa place, même s'il est très heureux d'être un Pears, mais être monsieur Anderson est encore plus glorieux que tout le reste.

Une fois apprêté, il embrasse sa femme et quitte sa maison, monte dans sa *Porsche* grise et allume un cigare. Il prend le temps de savourer ce moment si intense, c'est dans ces instants-là que Richard Pears est l'homme le plus heureux du monde…

Il peut faire appel à son chauffeur personnel ou encore à celui de monsieur Anderson, mais il préfère rouler avec sa jolie voiture, comme un oiseau au vent.

Il roule, fume son cigare et admire les plus belles demeures qui existent sur Terre. Elles sont gigantesques, il est subjugué. Il le ressent comme un orgasme, lorsqu'il regarde ces châteaux tous plus démesurés les uns que les autres. Il prend son temps pour faire un tour avant de se rendre à la fameuse et grande demeure de monsieur Anderson. Arrivé à proximité de son immense portail, un garde à l'arrière le regarde attentivement et le reconnaît aussitôt. Il prend le temps de le saluer et lui donne accès à la propriété. Richard Pears est en extase, il va enfin entrer dans son royaume favori où le roi est le plus fou de tous…

Dans l'immense demeure de monsieur Anderson se trouve son père de 87 ans. Il écoute de la musique classique, il lui manque une case, et en plus, il tremble de tous ses membres. Dans la grande salle à manger, face au grand jardin, il grille des doigts humains. Il s'agit d'hommes que son fils a tués pour son plaisir et aussi pour régler ses comptes. Il a volontairement coupé des doigts au passage pour pouvoir les goûter, il se lèche les babines. Il n'a pas toute sa tête, mais s'il y a un homme qui ne perd pas totalement le nord, c'est bien lui. L'odeur de la viande humaine embaume toute la salle jusqu'à ce que son fils Anderson arrive avec son verre de whisky devant la grande baie vitrée, face au jardin.

— Oh Papa ! Je t'ai répété mille fois de ne pas manger ces saloperies ! Comment oses-tu manger cela ici ! Il y a tellement mieux ! Ce sont des doigts de Patouzas en plus, j'en ai tué un il y a longtemps déjà… Ne me dis pas que tu as attendu tout ce temps pour les cuisiner ? dit Anderson en faisant les gros yeux à son père.

— Mon fils, je prends le temps de savourer tout ce que tu sais faire de mieux, je les ai mis au froid, ne t'inquiète pas, je ne suis pas si fou que ça, tu sais ! Tu as accepté de me garder chez toi, alors je suis chez moi ! répond le père, occupé à retourner les doigts sur la grille.

— Je ne te comprendrai jamais, Père…

— Tu verras quand tu auras mon âge…

— Nous avons un invité, Père, mon ami Richard Pears. Je suis fier de ses services, il est très compétent, et malgré tout, il arrive encore à me surprendre chaque jour…

— Nous, les Anderson, nous n'avons pas d'amis, mon fils…

— Papa, nous ne sommes plus au Moyen Âge, tu sais. Parfois, il faut reconnaître certaines choses. Aujourd'hui, les Pears sont très loyaux envers nous et je fais tout pour le leur rendre, les bons comptes font les bons amis !

— Si tu le dis, mon fils… mais nous, les Anderson, nous n'avons pas d'amis.

— Oui Papa, nous n'avons pas d'amis… soupire-t-il. Ah, le voilà !

Richard Pears pénètre dans la demeure d'Anderson, un majordome l'attend en souriant et l'invite à le suivre. Richard sent une odeur de viande brûlée, il ne s'inquiète pas, il sait très bien que c'est le père de son ami qui cuisine des organes humains encore une fois. Il arrive enfin dans la grande salle à manger où Anderson l'attend.

— Bonjour, Wayne, je suis content de te voir ! Bonjour, monsieur Anderson, je suis Richard Pears…

— Oui oui, je sais qui tu es, Richard… laisse-moi savourer mes doigts, et après, nous pourrons discuter ! s'impatiente le père d'Anderson occupé à manger malgré ses tremblements.

— Excuse l'attitude de mon père, Richard, il n'a plus toute sa tête, chuchote Anderson.

Wayne Anderson se retourne et serre la main de son ami, en regardant son père avec pitié.

— J'ai une petite surprise pour toi Richard, je me suis fait une petite folie, mais elle en vaut la peine ! dit-il avec un sourire.

— Oh non pas maintenant, Wayne ! JE MANGE ! grogne son père.

— Père ! je te signale qu'il n'est que onze heures ! Nous passons à table à midi et pas avant, nous avons un invité, tu étais au courant de sa venue !

— Oui, mais j'ai faim, moi ! J'ai envie de goûter ces jolis doigts ! réplique son aïeul en commençant à pleurer à chaudes larmes.

— Oh… Papa…

Wayne touche l'épaule de son père pour le rassurer.

— Mange à ton aise, Papa…

Richard Pears se dirige vers le beau jardin tropical de son hôte, il regarde cette merveille avec une telle intensité que Wayne, qui arrive près de lui, le fait sursauter.

— Tu aimes toujours notre jardin, à ce que je vois…

— Oh oui mon ami, je suis Peter Pan quand je viens ici, c'est mon monde enchanté !

— Je suis encore désolé pour le déjeuner précipité de mon père, il sait très bien que l'heure, c'est l'heure ! Il est de pis en pis, mais qu'est-ce que tu veux, je ne peux pas l'abandonner. Moi aussi, j'aimerais que mon fils me garde et je pense qu'il a intérêt, après tout ce que je vais lui laisser !

— C'est un luxe, mon ami ! Moi, je n'espère rien de mes enfants ! C'est une génération sans honneur, ils n'auront jamais les valeurs que nous ont laissées nos parents.

— C'est bien dommage ! Mais ils ont encore bien le temps, nous allons leur montrer aussi de quoi nous sommes capables. Richard, rien n'est encore perdu ! Allez, suis-moi.

— Wayne retourne dans la salle à manger, suivie par Richard, aux anges.

— Père, tu viens pour la surprise ?

— Euh… oui j'ai fini, c'était délicieux, mon fils ! dit-il rassasié.

Monsieur Anderson se lève, il marche lentement, ses mains et ses jambes tremblotantes, il suit malgré tout son fils et Richard Pears, qui lui propose son aide qu'il refuse avec vigueur. Richard parcourt la belle demeure de son ami, il regarde chaque recoin et chaque tableau magnifiquement peint. Il y a là de magnifiques statues en marbre et des vases sublimes, c'est comme s'il se trouvait dans un beau musée à Paris. Afin d'entrer au cœur de la demeure, Wayne tape un code sur un clavier et met sa main entière dans un appareil sophistiqué de sécurité. Deux grandes portes blindées s'ouvrent sur un gigantesque couloir le long duquel on peut voir de part et d'autre des vitrines exposant les têtes décapitées de chaque homme politique, guerrier, inventeur…, qui ont traversé l'histoire du monde. Et encore bien d'autres hommes qui ont vécu sur terre… Toutes les personnalités importantes qui sont décédées, que Wayne a admirées, sont présentes. Richard adore cet endroit, il aime voir ce chef-d'œuvre quand il le peut. Chaque tête se trouve dans une jolie vitrine et sur une pique en argent. C'est tellement bien fait qu'on a l'impression qu'ils sont vraiment morts à cet endroit, il y a seulement quelques minutes, le sang coulant le long de la pique jusqu'au sol. C'est très impressionnant, Richard est en admiration devant cette œuvre d'art. On entend une musique classique, douce, baignant le lieu d'une ambiance apaisante.

— Quel boulot as-tu fait pour fabriquer tout cela, mon ami ! dit Richard, admiratif, en se baladant les mains derrière le dos.

— Oh tu sais, je ne fais jamais les choses à moitié. J'ai empalé de vrais hommes pour pouvoir me rapprocher de plus en plus de la réalité. Je suis fou d'art et quand je veux quelque chose, je l'ai, mon ami…

— Nous, les Anderson, nous n'avons pas d'amis… grommelle son vieux père derrière eux.

— Oui, Père, nous n'avons pas d'amis…

Une fois passé le couloir historique traditionnel des rois, Wayne arrive devant une immense pièce ronde, pouvant facilement accueillir deux cents personnes. Au milieu se trouve une grande trappe en fer blindé arrondie. Richard ne voit rien au centre et se demande bien ce qu'est la fameuse surprise…

— Viens, mon ami, installe-toi ! Veux-tu boire quelque chose ?

— Oui, un verre de scotch, cela fait longtemps…

— Pas de soucis !

Wayne appuie sur un bouton, un autre majordome arrive et apporte aux trois hommes tout ce qu'il faut pour qu'ils passent un agréable moment.

— Regarde mon autre folie, Richard !

— Il actionne un nouveau bouton. Un grand cliquetis retentit au niveau du gigantesque plafond qui s'ouvre et laisse apparaître une sorte d'aquarium géant au-dessus de leurs têtes. Un grand requin blanc nage en faisant des allers-retours au-dessus des trois hommes.

— Je crois que tu t'es surpassé mon ami ! Waouh ! Je suis totalement sous le charme ! Comment as-tu fait ? Cela a dû te coûter cher… je n'en reviens pas ! s'extasie Richard avec de gros yeux, regardant le requin blanc avec admiration.

— Nous, les Anderson, nous n'avons pas d'amis…

— Ne dis pas de bêtises, mon ami, rien ne coûte cher quand on veut prendre du plaisir… J'ai voulu innover pour une fois ! Je l'ai eu à un bon prix et j'ai tout fait pour l'affamer, c'est pour cela qu'il nage agressivement, ne le vois-tu pas ?

— Oh que si…

Wayne appuie sur un autre bouton et ouvre une deuxième trappe au plafond, faisant descendre cinq cabines transparentes juste au-dessus de l'aquarium. Dans chacune, une personne est enfermée. Des femmes et des hommes, tous les cinq isolés et seuls, regardent le requin nager en dessous d'eux, ils n'en sont séparés et protégés que par un plancher vitré blindé. Encore plus bas, vers le sol, ils voient Wayne Anderson qui leur fait alors un signe de la main avec une telle arrogance que Richard est en extase. Les prisonniers hurlent de rage et de peur, ils ne comprennent pas ce qui leur arrive.

— Quand on m'ennuie un peu trop, Richard, je peux devenir très méchant ! Ces gens-là, au-dessus de nous, commençaient un peu trop à m'embêter au niveau politique. Il y a trois bourgeois qui me dérangent, ils me montent un peu trop sur la tête, et les deux femmes sont des reines qui me prennent de haut. Les femmes, toutes les mêmes ! Rois ou non, je suis votre supérieur ! aboie Wayne avec haine.

— Tu as tout à fait raison, mon ami…

— Nous, les Anderson, nous n'avons pas d'amis…

— QUE LE SPECTACLE COMMENCE ! crie Wayne avec euphorie.

Les trappes transparentes où sont enfermées les personnes s'ouvrent toutes en même temps, faisant plonger les prisonniers d'un seul coup dans l'aquarium. Le requin blanc, qui tournait comme un fou furieux autour des cages, mort de faim depuis des semaines, voit pour la première fois cinq hommes et femmes dans son périmètre. Il tourne autour d'eux en les regardant nager, la peur dans les yeux et les gestes désordonnés. Tout d'abord curieux, il se fige pour observer ses proies criant de toutes leurs forces à quelques mètres. Puis, il fonce enfin sur un homme, le percute de plein fouet et lui déchiquette l'estomac, avant de le dévorer en entier, arrachant à chaque coup de dents tous les membres par morceaux.

— Et d'un, Richard ! Comme ça fait plaisir à voir ! lance Wayne en levant son verre.

Pour la toute première fois, le requin mange cette chair et boit ce sang qu'il trouve d'un goût délicieux. Il mord chacune des quatre autres personnes autour de lui, l'agitation des hommes et des femmes est comme un jeu. Non seulement il peut s'amuser, mais en plus, il se régale, lui qui pensait à la nourriture jour et nuit ! Il prend son temps pour tuer toutes ses proies à son aise jusqu'à ce que les quelques restes des cinq corps flottent dans le gigantesque aquarium. Le squale est ravi, il vient de remplir son estomac vide depuis deux mois.

— Alors mon ami ? Es-tu satisfait ? s'inquiète Wayne en levant son sourcil droit.

— Nous, les Anderson, nous n'avons pas d'amis…

— Je suis sous le charme, Wayne, je pense que tu dois présenter cela à nos supérieurs ! Ils vont tous adorer ! lui répond Richard en buvant son verre.

— Je sais, mais attends, ce n'est pas tout !

— Comment ça ?

— J'ai fait un peu le ménage par ici, regarde !

Wayne actionne un troisième bouton qui ouvre la gigantesque trappe au milieu de la pièce. Un énorme bruit résonne dans toute la demeure en la faisant légèrement trembler.

— Richard… Voici mon autre folie !

Un nouvel interrupteur et l'aquarium tout entier se met à trembler, le requin commence à être un peu stressé et ne comprend pas ce qui lui arrive. L'eau de l'aquarium chauffe de plus en plus, puis se met à bouillir. L'animal nage comme un fou cherchant à s'échapper de cette fournaise, tout le corps de la bête commence à fondre petit à petit, ce qui reste des personnes commence à se dissoudre également…

— Je suis en extase, Richard ! As-tu déjà vu mourir un requin blanc sous tes yeux ?

— Non… Jamais, mon ami…

— Nous, les Anderson, nous n'avons pas d'amis…

Le requin blanc s'est dissout dans cette cage vitrée qui tient désormais plus d'un volcan que d'un aquarium. On ne voit plus que du sang, il ne reste plus rien.

— Et pour clôturer le tout ! BINGO ! clame Wayne en appuyant sur un autre bouton avec détermination.

L'aquarium s'ouvre par en dessous, laissant les mètres cubes d'eau se déverser en plein milieu de la pièce devant Richard, le souffle coupé. L'eau s'évacue par la gigantesque trappe en métal qui s'ouvre en dessous d'eux. Il voit tout ce sang et cette eau tomber devant lui comme une grande cascade avec une force éblouissante. Wayne regarde Richard avec fierté.

— As-tu apprécié, mon ami ?

— Je n'ai pas les mots…

— Nous, les Anderson, nous n'avons pas d'amis…

Richard ressent un sentiment d'amour envers son ami, il n'a jamais connu un homme aussi proche de lui. Même son frère Georges ne lui arrive pas à la cheville. Il a une telle fascination pour lui et le vénère tant qu'il est prêt à tout pour lui prouver qu'ils sont faits pour être des amis. Richard va tout faire pour lui démontrer qu'il peut compter sur lui, pour lui en mettre plein la vue avec l'initiation qu'il prépare depuis un an pour ses enfants. Son but ? L'éblouir, comme Wayne le fait systématiquement, c'est cela sa préoccupation la plus ultime. Choquer et amuser son ami qu'il aime tant. Il apprécie profondément sa présence, il ne veut pas le quitter, mais l'heure tourne et il est temps pour lui de s'en aller.

À contrecœur, Richard reprend le chemin de la sortie. Il passe par le grand portail sous le regard de Wayne Anderson en train de siroter son whisky. Son père reprend sa dégustation de doigts de Patouzas, il se régale et s'en met plein la bouche.

— Cela m'a fait un grand bien ! Mieux, je suis très heureux d'avoir pu partager cela avec Richard Pears !

— Je n'aime pas beaucoup Richard… lâche son père avec détachement.

— Oh Père, mais n'as-tu jamais aimé un être humain ?…questionne Wayne avec agacement.

— C'est vrai, je n'aime personne.

— Je comprends pourquoi tu fais partie des pires Anderson, Père.

— C'est parce que les Anderson n'ont pas d'amis !

— Oui, Père ! Les Anderson n'ont pas d'amis, répète Wayne en soupirant, regardant son fidèle ami Richard Pears partir de chez lui avec le cœur aussi léger qu'une plume.

CHAPITRE 2

LE MEURTRE D'ALONSO FERNOZAS

Je suis assis sagement sur un tabouret pliable sur le toit d'un bâtiment. En face de moi se trouve un restaurant mexicain, Los Tacos. J'ai un cahier de notes et des jumelles, je bois tranquillement mon café en fumant mon cigare. Cela fait des semaines que je suis devant ce maudit restaurant à regarder les allées et venues, je note tout ce que je vois et tout ce qu'il se passe. Je suis sûr d'une chose, Alonso Fernozas vient tous les samedis soir, avec sa femme, manger dans ce beau restaurant dont la nourriture exhale ses bonnes odeurs jusqu'à moi. Je n'ai plus aucun doute, un samedi soir, je vais ramener la tête du plus petit des frères Fernozas à la maison. J'en ai des frissons, j'ai hâte d'entrer et de tuer cet homme qui dérange tant le Chapeau Noir ! J'aurais tant voulu qu'on fasse cela pour moi, si j'étais lui. J'espère du fond de mon cœur tordu qu'un homme pourrait me vénérer comme je vénère le Chapeau Noir, aujourd'hui.

Il fait beau ce jour-là, le ciel est bleu et le soleil tape sur tous les bâtiments. J'écoute les gens discuter en bas de la rue, je regarde les restaurateurs crier pour les marchandises en dehors du restaurant, pour amener la viande et le pain. Tout ce petit monde normal et calme est très bizarre pour moi, je n'ai jamais vu cette vie de cette façon. Le calme avant la tempête. Je n'ai jamais le temps de prendre le temps. Mon temps, c'est de planifier et d'agir, je ne laisse jamais de place pour la paix et la sérénité, car la paix me terrifie. L'ennui est pour moi le pire de tout, le fait de me dire que je peux mourir vieux sans avoir la santé et ne plus jamais tuer m'est insupportable. Je préfère qu'on me tue si jamais une de mes missions était mal faite plutôt que de mourir vieux dans un lit, comme un croûton dessséché. Je ne veux pas me voir sénile et croulant et encore moins que l'on me voit ainsi. Je vais tout faire pour tuer jusqu'à la mort. C'est ça la vie pour moi, je ne la vois pas autrement. Pour moi, tuer, c'est la vie…

Il est 20 heures, ma décision est prise. Je range mon cahier de notes et mon Bic et je jette mon café et mon cigare dans une poubelle. Mon tabouret pliable reste sur le toit. Je descends du bâtiment. Ma veste et mon chapeau, stylés comme un mafieux des Fernozas, me permettent de passer inaperçu dans le quartier. Je marche dans les rues qu'ils ont rachetées. J'ai une haine considérable contre eux, car, à la base et depuis toujours, tout cela appartenait aux Patouzas. Il est temps pour moi de faire le nettoyage et d'anéantir leur mafia, coûte que coûte. Je marche dans les rues en observant tous les hommes des Fernozas, jusqu'à tourner dans une petite allée pour aller récupérer ma voiture qui est bien cachée des regards indiscrets. Je sors par un autre chemin pour aller vers la ville de Los Angeles, je roule en regardant toutes les femmes passer devant moi, des bourgeoises et des reines. Je les déteste tellement que même les baiser ne m'intéresse pas. Les autres mafias ne sont déjà pas ma tasse de thé, mais lorsqu'il s'agit des deux autres classes, c'est encore pire. Même si les trois classes sociales travaillent toutes de concert pour que le système américain fonctionne, je n'aime pas l'idée de côtoyer ces gens.

Je roule jusqu'à l'entrepôt des Patouzas, j'ai désormais mon bureau là-bas, le Chapeau Noir me donne tout ce que je désire à condition qu'il ait ce qu'il veut. J'y entre, salué par tous les hommes qui m'obéissent à présent au doigt et à l'œil. Je vais d'abord au bar prendre un verre de whisky et fume un nouveau cigare, puis je pars m'asseoir sur un siège en cuir confortable en face des stripteaseuses ; je les regarde danser et se mettre nues devant moi. Je prends mon pied en fumant et en buvant, quelques Patouzas me rejoignent pour apprécier cette belle soirée et surtout la belle vue qu'ils ont tous devant eux. Ricardo prend son verre et vient à côté de moi, curieux de savoir ce qu'il va se passer…

— Alors, mon ami, comment se déroule ton observation ?

— Tu ne vois pas que je suis occupé, mon ami ? dis-je en prenant du plaisir à avoir une stripteaseuse sur moi. Je lui touche les fesses, comme si on se connaissait depuis toujours.

— Le travail est le travail, cher Alejandro, le mien est de savoir.

— Oh oui, je sais Ricardo, tu le sauras bientôt… Pour l'instant, laisse-moi profiter et admirer ces jolies filles. On parlera business après.

— Comme tu le sens ! lance avec haine Ricardo, qui serre son verre en se levant brusquement de son siège pour aller au bar.

Je le regarde s'en aller avec rage, je n'arrive pas à comprendre son comportement, même si, au fond de moi, je le sais. Ricardo est jaloux.

Dans ma tête, c'est clair, je n'ai pas cinq meurtres à commettre, mais bien six. Que le jeu commence !

Il est minuit et je suis dans mon bureau à ranger dix lettres dans des enveloppes de haute qualité. Je prends soin de bien tout noter et de prendre mon temps pour qu'elles soient les plus belles possibles. Ma première et dernière mission va se dérouler sous mes ordres, j'ai passé des semaines à observer, et aujourd'hui, je suis prêt ! Je vais tuer Alonso Fernozas avec une facilité déconcertante. Pour moi, c'est l'orgasme absolu, je vais pouvoir couper la tête d'un des frères que je déteste…

Il est une 1 heure du matin et je convoque Ricardo et les neuf plus grands tueurs à gages de la mafia des Patouzas, des tueurs à gages en qui j'ai la plus grande confiance. Ils entrent un par un dans mon bureau, une pièce sécurisée où sont entreposées les plus grosses armes des Patouzas. Les hommes se placent tout autour d'une grande table en U, chacun devant une enveloppe.

Je suis assis sagement et fume mon cigare, assis sur une table en face d'eux. Ils regardent tous les enveloppes avec étonnement et constatent rapidement que le nom d'un tueur à gages est inscrit dessus. Ricardo me regarde avec un air de défi, je ne sais pas s'il est nerveux ou s'il n'a pas baisé depuis un moment.

— Si je vous ai convoqué, c'est parce que j'ai une grande mission à accomplir, et cette mission, je ne peux la mener à bien tout seul. Même si je souhaite m'en occuper personnellement, je ne peux le faire sans un coup de main ! Alors voilà ! Je vous ai choisi pour la bonne et simple raison que vous êtes les meilleurs. J'ai étudié tous vos dossiers depuis vos débuts, tous vos meurtres année après année, et le Chapeau Noir n'a jamais été déçu de vous. C'est ça que je veux ! dis-je froidement. Je ne souris plus, je montre pour la toute première fois mon vrai visage de meneur.

Ricardo est stupéfait par ma puissance soudaine, il a froid dans le dos, il réalise très rapidement que je suis dangereux et qu'il ne fait pas le poids devant moi. Il est en train de comprendre que je vais finir par être le Chapeau Noir, quoi qu'il arrive. J'ai les épaules pour ça et je suis le plus dangereux de tous les hommes qu'il a connus.

— Sur chaque enveloppe, il y a vos précieux noms écrits par mes soins ! Vos lettres sont à vous seul, personne ne doit lire celles de ses voisins ! Est-ce que c'est bien CLAIR ? je hausse le ton avec un regard noir, mes hommes sont terrorisés face à moi.

— OUI, CHEF ! disent les neuf hommes en cœur, devant moi.

— Je regarde Ricardo comme un vulgaire insecte qui, visiblement, n'a pas compris que je suis son nouveau patron.

— Oui, chef…

— Dans chaque enveloppe, il y a votre mission. Vous avez chacun un travail bien précis, vous avez tous une tâche importante à faire. Si vous commencez à regarder les missions de vos camarades, vous allez vous perdre avec vos jalousies et vos egos de malheur ! Si je suis un des meilleurs, c'est parce que j'ai toujours regardé mon cul ! Et pas celui des autres, n'est-ce pas Ricardo ?

Il me regarde avec stupéfaction, il ne s'y attendait pas. Il a la rage de se faire humilier devant tout le monde.

— Je ne vois pas de qu…

— TA GUEULE ! hurlé-je, le fusillant du regard. La prochaine fois que tu veux me dire ce que je dois faire pendant que je prends mon temps avec une femme, tu la boucles et tu passes un agréable moment avec moi ! Je sais ce que je fais depuis que je suis chez les Patouzas ! J'ai tué beaucoup plus d'hommes que vous tous réunis ! Et en aucun cas, je n'ai déjà parlé de cette façon à un de mes soi-disant collègues. Tu me prends pour qui, Ricardo ? Un fainéant ? Un profiteur ? Un bon à rien ?

— Je n'ai jamais pensé à ç…

— LA FERME ! intimidé-je en grognant comme un chien. Je ne joue plus, je suis sérieux.

Ricardo avale sa salive et regarde la table vide, face à sa lettre. Les autres hommes n'osent même pas le regarder, tous les yeux rivés sur leurs enveloppes comme des petits toutous. Cette fois, c'est clair pour Ricardo, je suis le futur Chapeau Noir. Pour la première fois de sa vie, il a peur de quelqu'un, et ce quelqu'un, c'est moi.

Il reste figé, comme une statue. Je le regarde avec une telle haine que je pourrais même le tuer maintenant, mais je sais que ce n'est pas le moment. Là, tout de suite, mon but est d'accomplir ma mission. Je m'occuperai de lui moi-même plus tard.

— Chacun d'entre vous a une mission, vous disposez de tous les hommes nécessaires pour la mener à bien, c'est un ordre ! Au nom du Chapeau Noir, si vous ne le faites pas, je vous tuerai tous jusqu'au dernier ! Je n'aurai aucun remords de vous trancher la gorge dans votre sommeil si vous ne m'écoutez pas ! Je dois tuer en un an les cinq frères Fernozas et je veux que tout se passe comme je le veux. Que cela vous plaise ou non, c'est le même prix, mes amis.

— Si votre plan est si parfait, pourquoi nous menacer ? lance sans réfléchir un tueur à gages à ma droite, qui se laisse un peu trop pousser des ailes à mon goût.

— Je le regarde avec sévérité, je sors mon arme à feu et lui mets une balle dans la tête. Il tombe en arrière comme un gros sac de patates. Tous les autres hommes ferment les yeux et comprennent qu'ils n'ont pas le luxe de discuter.

— Si personne n'a quelque chose à redire… J'exige qu'on me nettoie CETTE MERDE ! leur ordonné-je.

Les neuf hommes s'exécutent et prennent le corps de celui qui était un de leurs fidèles amis. Ils ont tous le cœur gros, mais ils ne bronchent pas. Le mort est sorti de la pièce et une fois le sang sur le sol nettoyé, ils se remettent tristement en face de leurs enveloppes.

— Bon ! Appelez le tueur à gages Ricky pour la dixième enveloppe ! Que la mission commence ! je conclus avec un large sourire tout en rangeant mon arme à feu.

On est samedi et je vais enfin pouvoir tuer ce salaud d'Alonso Fernozas, cela fait des semaines que je l'observe bouffer chez *Los Tacos* avec sa connasse de bonne femme ! Je ne vais faire qu'une bouchée de lui et de sa putain de famille. Je sais, je suis impitoyable, mais si vous êtes ici, c'est que vous voulez certainement savoir comment je vais tuer ce type…

La bonne nouvelle, c'est que j'ai tout prévu, j'ai établi un petit plan rapide et précis. Il me faut sa tête ce soir et je jubile, je suis en extase. Je vais enfin pouvoir me bouger le cul et faire ce que je sais faire de mieux, c'est-à-dire ôter la vie. Ma vie de famille ? Je m'en fous au plus haut point. Quand je suis sur une mission, tout ce qui compte, c'est moi et moi seul.

Dans l'entrepôt, je suis dans une camionnette blanche de boulanger, nous sommes cinq à l'intérieur plus le chauffeur, armés jusqu'au cou. Plusieurs hommes m'attendent déjà sur le toit du restaurant. J'ai hâte d'y être, j'ai pensé à tout et je dois réussir ma mission, coûte que coûte. Il y a une autre camionnette noire avec plusieurs hommes à l'intérieur, eux vont agir plus tard dans la mission. C'est bien la première fois que j'ai autant d'hommes à ma charge. Cette petite fouine de Ricardo est assis à ma droite, il ose à peine me regarder, la balle dans la tête de son ami chéri lui a piqué le cul. J'aime le voir souffrir, je vois bien qu'il n'est plus comme avant et aussi que je vais pouvoir le buter dès que le moment va se présenter. Si, aujourd'hui, je suis l'homme le plus craint et le plus dangereux, c'est bien parce que je n'aime personne à part moi-même ! Il croit quoi, Ricardo ? Que je suis un simple tueur ? Bien sûr que non, je les mange tous tout cru et ils le savent très bien.

Je suis le meilleur ! Et je vais vous dire pourquoi. Chaque mission que je planifie, je le fais à la perfection, moi et mes hommes sommes habillés en conséquence et pas comme des débutants. Tout ce que nous avons sur nous est de qualité supérieure, on ressemble à des flics infiltrés qui partent en mission, je suis fier de ça. J'ai tout fait depuis des années pour améliorer mon équipement et surtout mon apparence. Quand je vois les autres mafias, je comprends pourquoi ils sont en retard, et ce, dans pas mal de domaines. Les Fernozas sont des clochards, je vais montrer au Chapeau Noir qu'ils ne sont rien pour nous et que son problème sera vite réglé.

Je regarde ma montre, il est l'heure. Je gueule un bon coup, on part ; le chauffeur met les gaz, je tiens mes armes et je réfléchis à tout. Le conducteur est le seul qui est déguisé en boulanger pour passer inaperçu. Nous autres, nous sommes à l'arrière de la camionnette, à attendre que tout se déroule comme prévu. Ricardo me regarde avec nervosité, il n'a pas confiance en moi.

— Confiant pour ta mission ? tente gentiment Ricardo qui essaye de tâter le terrain.

— Moi ? Toujours ! J'ai même hâte d'y être ! J'espère que tu as lu ta lettre…

— Oui… C'est plus une visite que passer à l'action…

— Action ou pas, le principal, c'est que tu sois là…

Il se croit vraiment capable d'être moi, le pauvre, il faut que je lui torche le cul comme un bébé encore aujourd'hui. Je sais que le Chapeau Noir veut du respect entre nous, alors je fais le gentil avec ce con pour ne pas avoir de problèmes. Le Chapeau Noir sait que Ricardo est un mauvais pion, mais je dois me le farcir quand même. Au début, je le respectais, mais aujourd'hui, j'ai hâte de le buter ! Pendant le trajet, j'observe Ricardo et mes hommes. Beaucoup sont loyaux et je vois qu'ils mettent du cœur dans leurs missions. Je suis fier d'eux, car jeune, j'étais comme eux et j'aimerais que ma fille et mon fils soient comme cela… Un jour, peut-être…

Il est 20 heures, un samedi rempli de monde dans le restaurant *Los Tacos*. Alonso dîne avec sa femme et sa famille, tranquillement assis, son arme à côté de lui. Ils passent tous une très bonne soirée, comme tous les samedis ; il ne craint personne, même si son frère Gonzalo lui a fait part de sa crainte la plus ultime. Alonso est dans son restaurant préféré et dans son quartier, qui pourrait le tuer ? Qui pourrait s'aventurer là ?

Notre camionnette arrive devant le restaurant, le chauffeur s'arrête devant le garage et klaxonne, comme s'il était leur boulanger. Le propriétaire est très étonné ; le soir, c'est calme et personne ne vient faire des livraisons, surtout un soir où il y a des clients…

Sans se douter de quoi que ce soit, il ouvre la porte de son garage et laisse entrer notre véhicule. Mon chauffeur se gare à l'arrière du restaurant où les chefs cuistots s'affairent. Deux hommes armés d'Alonso surveillent les lieux, aussi bien à l'avant qu'à l'arrière de la brasserie. J'ai bien calculé mon coup : deux de mes hommes se trouvent sur le toit du bâtiment, ils kidnappent les deux hommes par le cou à l'aide de cordes noires et les hissent sur le toit. Le temps d'arriver là-haut, ils sont déjà morts étranglés.

La camionnette s'ouvre et mes deux hommes se positionnent rapidement vers l'arrière du restaurant, ni vu ni connu. Le chef de l'établissement ouvre la porte avec étonnement et voit le chauffeur et la camionnette ouverte et vide.

— Je suis très occupé ce soir, Alonso Fernozas est là avec sa famille et j'ai reçu toute ta livraison de ce matin. Qu'est-ce qui se passe ?…

— Oui je sais, mon patron me l'a dit, mais il tient à t'offrir ceci. Regarde à l'intérieur…

Le propriétaire s'étonne, mais comme il travaille avec ce boulanger depuis vingt ans, il ne se méfie pas le moins du monde. Il s'avance et regarde dans le véhicule vide, il se demande bien ce que c'est que cette surprise. Au moment où il veut se retirer, j'arrive derrière lui et lui mets une balle derrière la tête avec mon arme silencieuse.

— Surprise !

Je pousse l'homme mort comme un vulgaire porc dans la camionnette, je me retourne et fais un signe de tête à mes hommes. La mission peut commencer. Le chauffeur entre dans le restaurant et appelle quelques hommes du personnel pour l'aider à décharger sa marchandise. Habitués à donner un coup de main pour les livraisons, ils sortent tous et se font immédiatement exécuter d'une balle dans la tête. Mes hommes chargent les corps à l'arrière de la camionnette. Il ne reste alors que deux cuistots dans l'établissement. J'entre silencieusement et je lance adroitement mon couteau favori dans l'œil de l'un d'eux avec une telle rapidité que l'autre cuistot qui prépare le repas ne s'en aperçoit même pas. J'arrive par-derrière et je lui tranche la gorge, le silence est mon arme la plus fatale et mes hommes le savent. Ils sont aux aguets derrière moi et débarrassent les cadavres au fur et à mesure pour les mettre dehors. J'ai horreur des corps sur mon chemin, j'aime travailler dans l'espace et l'ordre.

Ricardo, lui, attend sagement derrière la porte où se trouvent justement Alonso et sa femme. Le serveur arrive pour prendre la commande, mais il n'y a plus personne. Il a vu un peu de sang sur le sol. Le temps de relever la tête, Ricardo lui tranche la gorge et ferme la porte derrière lui…

À l'avant du restaurant, ce n'est pas folichon non plus, j'ai tout prévu et tout pensé. Une camionnette noire arrive devant l'établissement où se trouvent encore les deux gardes armés d'Alonso. La porte de la camionnette s'ouvre brusquement, mes hommes activent un lance-grappin qui agrippe les deux hommes et les font virevolter violemment à l'intérieur de la camionnette noire. Ils reçoivent alors chacun une balle dans la tête. Deux hommes habillés comme les Fernozas sortent de la camionnette et prennent la place des gardes à l'entrée du restaurant. Une fois la mission accomplie, le chauffeur repart comme si de rien n'était, le quartier n'y a vu que du feu, tout le plan fonctionne à merveille…

Je suis en extase, j'ai étudié tout le plan du restaurant, je suis vite allé dans la cave et j'ai éteint les lumières de tout l'établissement. Il a plongé dans le noir le plus complet, à la stupeur d'Alonso qui a pensé à une erreur ou à une panne, ce qui était fort probable… mais il remarque rapidement que la porte où se dirige le serveur s'est ouverte brusquement. Il voit un homme habillé en noir et se fige soudain. Il croit voir le diable lui-même ! Son cœur bat comme il n'a jamais battu, il réalise enfin, il comprend, il sait : Alejandro Gomez !

Au moment où il fait le geste pour saisir son arme à feu, il voit un point rouge sur la tête de sa femme. Un peu plus loin, ses enfants sont également ciblés ainsi que toute sa famille. Mais pas lui. Il avale sa salive et ne bouge plus un sourcil, pétrifié par la scène ; il me regarde arriver vers lui avec un grand sourire.

— Je ne ferais pas ça à ta place… Oublie même l'idée… lui susurré-je avec douceur.

Mes hommes arrivent par-derrière et encerclent toute la petite famille, plus personne ne peut bouger. Un de mes hommes ôte l'arme d'Alonso en lui lançant un grand sourire fier.

— SALAUD ! TU N'ES QU'UN LÂCHE ! hurle Alonso dans tous ses états.

— Oh s'il te plaît, pas de cri ni de hurlement ridicule dans ce bel établissement. Le propriétaire vient à peine de mourir, respecte-le un peu plus, Alonso…

— NE PRONONCE PAS MON NOM !

— Sinon quoi ? ironisé-je en soufflant la fumée de mon cigare au visage de sa femme.

— NE T'APPROCHE PAS DE MA FEMME !

— J'ai tellement peur que ma bite frissonne, Alonso…

— TA GUEULE ! ON VA TE FAIRE LA PEAU, ALEJANDRO ! MON FRÈRE NE VA PAS TE RATER !

— Ah bon ? Pourtant, je n'attends que ça de la part des Fernozas. Tu sais, cela devient fatigant, et même insultant de votre part, de croire un seul instant que vous avez de la marge face à moi. Avez-vous oublié qui je suis ou je dois vous rafraîchir la mémoire ?

— Laissez mes enfants en vie, s'il vous plaît… supplie la femme d'Alonso qui regarde ses enfants à côté d'elle, complètement affolée et décomposée.

— Il fallait réfléchir avant ma belle, quand on sort avec la pire espèce, il faut en assumer les conséquences.

Je fume nonchalamment mon cigare et rejette la fumée dégueulasse sur son visage plein de larmes, elle tremble de peur et j'aime ça.

— Vous, les femmes des Fernozas, n'êtes que des putes non baisables, vous êtes dégoûtantes, et en plus de cela, vous ne méritez que la merde, car vous l'êtes toutes ! Si tu penses que je vais épargner tes bâtards… tu te trompes ma belle, je vais tous vous tuer jusqu'au dernier !

— SI TU ES UN HOMME, VIENS TE BATTRE ET LAISSE MA FAMILLE !

— C'est justement ça le problème, Alonso, je ne suis pas un homme, mais un Dieu !

Je me mets derrière mon ennemi juré, un de mes hommes s'est glissé silencieusement derrière sa femme. Alonso voit la scène et il sait qu'il est temps de lui faire ses adieux.

— Tu vas enfin savoir ce que cela fait de mourir à votre manière sale collier de sang !

Au moment où je tranche la gorge d'Alonso Fernozas, sa femme se fait égorger, et l'ensemble de sa famille, enfants y compris, reçoit une balle dans la tête par mes snipers bien cachés sur le toit.

Ricardo arrive et observe la scène qu'il a sous les yeux. Il réalise l'horreur de se voir à sa place, il s'imagine à la place d'Alonso et sa femme. Si ça avait été lui, il n'aurait pas eu plus de chance, face à moi qui ne crains personne ni la mort elle-même. Tout le monde est mort. Il me regarde couper la tête d'Alonso comme un mouton. Je ne ressens que du bonheur et de la fierté, alors que Ricardo, à la vue du spectacle, est pris d'un haut-le-cœur. C'est une chose de tuer pour le travail et une autre d'aimer cela…

— Mission accomplie ! On rentre ! exulté-je triomphant.

Je prends la tête d'Alonso et de sa femme comme trophées et les mets dans mon sac.

— VOUS POUVEZ TOUT FAIRE EXPLOSER ! crié-je à pleins poumons en sortant par l'avant du restaurant. D'autres hommes m'attendent dans une camionnette noire.

La veille, mes hommes ont placé des bâtons de dynamite tout autour du restaurant. Ricardo, en place à l'intérieur du restaurant, ouvre à fond le gaz de la cuisine pour que cela soit le plus spectaculaire possible.

Je voulais une seule chose ce soir-là, que ce connard de Gonzalo Fernozas voit l'explosion de son entrepôt maudit, qu'il réalise qu'à partir de ce jour, plus rien ne sera comme avant.

CHAPITRE 3

LA DÉCISION DE REBECCA

Rebecca et Mike sont sur la plage, le soleil tape sur leurs visages, le vent chaud souffle sur tout Venice Beach, les vagues sont belles et harmonieuses. Le paysage est paradisiaque, le temps s'arrête pour les deux jeunes amoureux qui fuient la réalité depuis des mois. Ils s'imaginent des jours heureux ensemble, mais loin de chez eux. La chose qui leur fait le plus de mal, c'est de quitter ce lieu sublime, ils ont tellement de souvenirs à deux, ici, à Los Angeles. Cela déchire le cœur de la jeune femme, car il faut se le dire, elle est totalement amoureuse de cette ville. Mais ils ne pourront jamais vivre heureux tant qu'ils y seront et ça, c'est le plus difficile à admettre, surtout lorsque l'on est jeune. Se résigner à fuir n'est pas une décision facile à prendre, tout quitter, tout sacrifier pour un amour de jeunesse. Rebecca réfléchit beaucoup, elle aime Mike, elle aime Los Angeles, mais ce qu'elle n'aime pas, c'est sa vie, son rang et sa famille, et Mike est aussi du même avis. C'est bien pour cela qu'ils sont ensemble et sont inséparables. Cela fait des mois qu'ils se voient en cachette, ils avaient trouvé le stratagème parfait pour se voir incognito. Grâce à cela, ils se sont découverts jour après jour et ils s'aiment de plus en plus. L'amour, ce n'est pas la seule chose qu'ils ont en commun et c'est bien pour cela qu'ils feront tout pour fuir cette vie misérable. Parce que, même si le paysage est magnifique et que tout a l'air parfait, rien ne l'est en réalité, bien au contraire…

— Tu es magnifique Rebecca, le soleil illumine ton visage, je n'ai pas envie de rentrer.

— Moi non plus Mike, à chaque fois que je dois rentrer, j'ai de moins en moins envie d'aller chez moi. C'est comme si j'allais en enfer, je ne supporte plus de vivre dans le mensonge, de toujours me cacher. J'ai l'impression d'avoir honte de toi alors que c'est faux, et je m'en veux beaucoup pour cela, lance-t-elle le cœur serré.

— Oh, mais je ne pense pas comme cela, Rebecca. Si tu avais honte de moi, on ne serait même pas ensemble, ma chérie ! Je vis la même chose que toi. Quand je dois rentrer, c'est comme si je pénétrais dans le néant. Ma solitude est telle que je me demande comment j'ai fait pour tenir jusque-là ! Je te remercie tellement de m'avoir ouvert les yeux, de m'avoir permis de réaliser à quel point j'étais malheureux. Je n'ai jamais aimé comme je t'aime toi ! dit Mike soulagé.

— Cela me touche Mike, moi aussi, je n'ai jamais osé aimer un garçon avant toi, tu es l'unique et je suis capable de tout abandonner pour toi.

— Non, je rectifie, tout abandonner pour nous et non pour moi. Si on le fait, c'est pour nous deux. Beaucoup s'aiment, Rebecca, mais ils sacrifient leur amour pour la société ! Toi et moi, on ne fera jamais cela ! Aujourd'hui, ma chérie, je ne peux vraiment plus vivre sans toi. J'ai tout pensé et tout planifié pour la fin de cette maudite année ! Et pour terminer en beauté, je compte faire quelque chose qui va secouer tout le lycée Liberty ! annonce Mike en regardant droit devant lui.

— Quoi donc ? demande Rebecca, curieuse, en regardant la plage.

— Tu sais quand on va fuir ?

— Non, Mike, on n'en a jamais parlé jusqu'ici.

— Au bal de fin d'année. Tout sera prêt, nous allons montrer notre couple à tout le lycée et nous allons danser ensemble devant tout le monde, comme si personne n'existait ! Cela sera notre dernière soirée avant la grande cavale, et pour finir, nous allons nous barrer de cette vie misérable que toi et moi nous subissons ! affirme Mike avec détermination.

Rebecca n'en revient pas, elle est sidérée. Elle sait que Mike l'aime, mais à ce point-là ? Il est vraiment prêt à tout ! Mike ne parle jamais pour ne rien dire. Il veut vraiment se venger de la société et de sa famille, il va tout faire pour elle et elle va faire de même pour lui. Elle ne réalise pas à quel point il est perspicace et audacieux, il est fier de son amour pour elle. Rebecca, quant à elle, n'a pas confiance en elle, elle ne se voit pas comme la fille la plus magnifique qui soit, elle ne réalise pas sa valeur. Alors que pour Mike, c'est « elle » et puis c'est tout.

— Tu penses vraiment ce que tu dis, Mike ? interroge Rebecca avec des yeux ronds.

— Bien sûr ! Je ne le pense pas, je vais le faire ! On ira jusqu'à la Lune s'il le faut, rien ne pourra m'arrêter ! Rien ne peut arrêter un homme malheureux, Rebecca ! répond-il avec haine.

— Je ferai tout ce que tu désires, quitte à tout quitter les yeux fermés ! dit-elle, les larmes aux yeux.

— Cela ne sera pas facile, ma puce, ça va être dur, on va vivre des moments très difficiles, mais on ne va manquer de rien, je vais piquer des millions à mon père. J'ai tout planifié. Ce n'est pas parce que l'on fuit que l'on doit vivre comme des pauvres. Grâce à cet argent, je vais pouvoir payer des rebelles et des bourgeois pour nous héberger en cachette. J'ai des contacts en dehors, ces gens vont nous aider, rassure Mike en prenant Rebecca dans ses bras.

— Des rebelles ?

— Oui, tu as bien entendu… Tu sais, l'avantage, avec ma famille, c'est que l'on a beaucoup voyagé et j'ai rencontré pas mal de monde. Et comme je suis simple et gentil, j'ai pu me faire des amis, en cachette bien sûr, loin des regards de mes salauds de parents. Dans ton rang, ce sont des durs à cuire, mais j'ai pu en convaincre et je suis fier de moi. Même dans le lycée Liberty, j'ai pu nouer des connaissances chez les tiens et chez les bourgeois, mais c'est un secret, personne ne le sait ! Je n'ai jamais aimé mes semblables et je pense que cela se ressent quand je parle avec les autres. C'est pour cela qu'ils me font confiance, Rebecca, et si tu es avec moi, c'est parce que tu as vu comment je suis. As-tu douté de moi une seule fois ?

— Non, jamais Mike ! Dès que je t'ai vu, j'ai su ! confirme-t-elle avec fermeté.

— C'est pareil pour les autres, quand tu fais du bien, tu reçois du bien, c'est comme ça, il n'y a pas de miracle. Si je peux fuir aujourd'hui, c'est parce que j'ai été le plus honnête possible envers moi-même ! dit Mike en regardant amoureusement sa bien-aimée.

— Tu as pensé à l'endroit où nous irons ?

— J'ai bien réfléchi à cette question et j'ai trouvé !

— Dis-moi…

— Miami !

— Tu es sérieux ?

— Oui, tu aimes le beau temps, la plage, la simplicité, et j'ai trouvé un bel endroit où aller avec des personnes de confiance qui pourront nous aider…

— Je n'arrive pas à y croire, Mike ! C'est vrai que tu es sérieux ? Rebecca est incrédule en pensant que cela va se réaliser cette année.

— Oui, oui, fin d'année, nous sommes partis ma chérie, à Miami. Tu seras heureuse là-bas, tu verras.

Rebecca a le cœur qui part dans tous les sens, tout son petit monde s'effondre. Ce ne sont plus des mots, c'est bien réel. Elle ne va plus jamais être malheureuse et subir sa famille. Alors, certes, elle va devoir faire attention, mais cela importe peu, car elle est avec Mike et il fait tous ces efforts pour elle et rien que pour elle. Elle prend alors doucement son visage entre ses mains et l'embrasse, elle réalise enfin que son cauchemar va bientôt s'arrêter.

— J'ai fait de faux papiers pour que l'on puisse voyager incognito dans le même avion, toi et moi. Nous serons dans la case bourgeois, car à Miami, il y a de beaux endroits à visiter et je veux que l'on puisse en profiter incognito, dans tous les sens du terme ! continue Mike en rigolant.

— Cela me va très bien. De toute façon, j'ai toujours rêvé d'être une bourgeoise ! avoue la jeune fille.

— C'est vrai ?

— Oui, vraiment, j'ai toujours détesté mon rang de rebelles !

— J'ai tout prévu, il va falloir faire un relooking complet pour que les gens n'y voient que du feu. Je veux vraiment que personne ne se doute de rien. Toi et moi, nous devons changer radicalement si on ne veut pas se faire remarquer, Rebecca !

— Je vais faire tout ce qu'il faut pour ne plus vivre comme je vis et pour éviter de devenir une tueuse comme mon père. Je vais tout faire, Mike, pour éviter cette tragédie ! J'aimerais juste te poser une question… confie-t-elle timidement.

— Oui, ma belle, dis-moi ?

— Et ton avenir, tu y as pensé ? demande-t-elle un peu gênée.

— Mon avenir ? Tu rigoles j'espère ?!

— Non, c'est sérieux. Je pense souvent à ça : nous allons faire quoi, après ? J'ai peur que tu regrettes, avec le temps… dit-elle avec tristesse.

— Rebecca ! Mon avenir est de camoufler les meurtres de mes cousins par la presse et de tuer des gens comme si de rien n'était ! J'aurais fait des études pourries qui m'auraient rendu encore plus malheureux que je le suis déjà, et toi, ben, c'est très simple, tu n'aurais jamais fait d'études et tu aurais fini avec ton père à tuer des gens minables, comme tous ceux de ta famille que tu détestes tant ! Je t'interdis de parler ainsi sur mes regrets, je n'en ai aucun ! Une fois bien installé à Miami, tu iras étudier où tu le souhaites et tu feras ce qu'il te plaît vraiment ! lance fermement Mike, qui ne perd pas de temps.

— C'est incroyable…

— Comment ça, ma chérie ?

— Tu me connais plus que ma propre famille ! Aucun d'entre eux ne me connaît comme toi ! Aucun n'a pris le temps ni la peine de savoir comment je suis ! Cela me touche énormément, Mike, tu ne peux pas imaginer…

— Tu sais pourquoi ? demande-t-il en la regardant fixement.

— Non…

— Parce que nous n'avons jamais été aimés, voilà pourquoi…

Rebecca est pour la première fois dans tous ses états, son imagination s'affole, mais en aucun cas elle ne craint d'abandonner son père. Elle a tellement de haine vis-à-vis de lui qu'elle a même hâte de se venger. Ses parents ne l'ont jamais aimée et c'est une vérité qu'il faut accepter au plus vite. Sa vie est déjà toute tracée à cause de son père et il est hors de question pour elle de se soumettre. Il a beau être l'homme le plus dangereux de toute la planète, elle va quand même partir loin de lui, coûte que coûte. Le fait que Mike vive la même situation la rassure énormément, car lui aussi fait ce sacrifice de fuir pour être heureux. Au fond, la jeune femme pense que s'il part, c'est parce qu'il est amoureux et que leur union est interdite, mais en fait, non. S'ils prennent la décision de fuir, c'est pour leur bonheur à eux, personnel et non sentimental. La décision de Rebecca était tout d'abord d'être heureuse dans sa vie globale, et ensuite de l'être avec Mike. Cela vaut le coup de partir pour une vie meilleure que l'on a choisie, et non pour une que l'on vous impose. Il est temps que Rebecca et Mike deviennent égoïstes et maîtres de leur destin.

Il est 17 heures et Rebecca doit rentrer. Elle n'a pas envie de partir, elle a même hâte d'être à la fin de l'année. C'est bien la première fois qu'elle est heureuse et qu'elle peut rêver. À son jeune âge, elle peut enfin fantasmer à une vie meilleure. S'il y a une chose que son père a faite de bien dans sa vie, c'était de venir à Los Angeles. Elle ne le pense même pas pour la rencontre qu'elle a faite avec Mike, mais surtout, cela lui permet d'ouvrir les yeux sur son existence. Pour la première fois de sa vie, Rebecca a de l'espoir, elle est positive et est persuadée qu'elle peut enfin quitter cette existence qu'elle n'a pas choisie.

— On se voit demain, ma belle… Courage avec ton père… chuchote Mike avec amour.

— Merci, mon amour, toi aussi. On se voit demain.

Mike dépose Rebecca un peu plus loin de chez elle, la laissant rentrer à pied pour ne pas éveiller les soupçons. Ils font tous les deux attentions de ne pas se faire voir. Il a l'habitude de s'habiller comme un rebelle et d'avoir la même attitude qu'eux, il porte une casquette et il loue en cachette une bête voiture noire passe-partout pour ne pas se faire remarquer. Il attend systématiquement qu'il n'y ait personne dans les parages pour la déposer. À force de pratiquer la discrétion, il devient petit à petit un agent secret…

Bien que Mike rassure Rebecca, elle a encore peur, mais le jeune homme est très droit et il sait ce qu'il fait, elle est confiante et elle a confiance en lui.

Elle marche dans ses quartiers qu'elle connaît sur les bouts des doigts. Elle pourrait rentrer à la maison les yeux fermés. Le soleil est radieux, il illumine toutes les maisons et tous les arbres, elle adore voir cela. L'après-midi l'apaise beaucoup, le fait de ne pas être à la maison lui donne le sentiment d'être libre et de fuir cette réalité. Elle apprécie mieux ses journées grâce à Mike. Elle voit beaucoup de Patouzas fumer et boire leurs cafés devant chez eux, elle dit bonjour à tout le monde, comme d'habitude et, pour éviter

Matéo, elle passe systématiquement par l'arrière de leur maison pour qu'il ne puisse pas la surveiller. Matéo est adorable, mais il peut devenir dangereux s'il commence à se poser des questions, car il ne lâche toujours pas l'affaire avec elle. Il est aussi fou amoureux et espère tant son amour qu'il est prêt à tout pour sortir avec elle. Il commence à devenir un obstacle. Il rôde sans cesse autour d'elle et il devient difficile de passer entre les mailles du filet. Elle rentre par l'arrière de son jardin et se faufile dans sa cuisine, comme tous les jours, sauf que cette fois-ci, son frère Roberto est assis sur une chaise, il l'attend. Elle sait que ses parents ne sont pas là à cette heure-là. Roberto n'est quasi jamais là non plus, il traîne toujours dehors avec la bande habituelle de Matéo. Elle est surprise de le voir là, à l'attendre avec impatience.

— Oh tu m'as fait peur ! Ça va ? demande Rebecca, surprise.

— Si je t'ai fait peur, c'est que tu as sûrement quelque chose à cacher ! lance Roberto avec haine.

— Comment ça ?

— Tu sais très bien de quoi je veux parler ! Depuis quand tu sors après le lycée ? Cela fait des mois que tu pars et tu ne vas voir ni Miki et Tonio, et encore moins Matéo, car il est tous les jours avec moi ! Alors, c'est qui le fils de pute que tu vois ? aboie Roberto avec hargne.

— Waouh ! Depuis quand ma vie t'intéresse, Roberto ? Je suis bientôt majeure et je fais ce que je veux ! Je vais au lycée, je fais tout ce que me demande

Papa et je fais le moins de bruit possible, alors c'est quoi ton problème ? répond-elle abasourdie.

— Le lycée ? Mais qu'est-ce qu'on en a à foutre du lycée et de tes super notes ! Notre avenir, il est ici avec Papa, arrête de croire que tu vas aller étudier ! Une rebelle bonne élève, mais tu as vraiment cru que la société allait t'accepter ? Toi, la fille d'un tueur à gages ? Arrête de rêver, on dirait une gamine ! Tu n'as pas assez ramassé dans ta gueule par Papa, il serait grand temps qu'il voie ce que tu fais pour réaliser la gravité de la situation ! beugle Roberto plus fâché que jamais.

— Ta gueule Roberto ! Tu vas me parler sur un autre ton ! Tu n'as que quinze ans, tu crois que tu me fais peur ? Foutez-moi la paix surtout ! lui crie-t-elle en se dirigeant vers la cage d'escalier.

Mais Roberto n'en a pas fini avec elle, si elle pense que cela va être une bête dispute entre frère et sœur, elle se trompe…

— VIENS ICI, ESPÈCE DE PETITE PUTE ! hurle Roberto en bousculant sa sœur.

Il la plaque soudain fermement contre le mur et sort un couteau que son père lui a offert. Pour la première fois, Rebecca ne sait plus quoi penser. Elle qui voyait son frère comme un petit bébé, elle voit enfin pour la première fois son vrai visage, et il est bien comme son père ! Il n'a peut-être que quinze ans, mais il est fort et elle ne peut plus bouger. Elle réalise que son frère va être aussi redoutable que son père.

— LAISSE-MOI ROBERTO !

— Non ! Toi, tu vas m'écouter ! Cela fait des mois que Matéo te court après comme un chien, et toi, tu réagis comme une garce avec lui. Je sais que tu vois un connard en dehors du lycée ! Tu n'as pas intérêt à devenir la pute de Los Angeles ! TU M'AS BIEN COMPRIS ? Tu es une future tueuse et non une traînée ! Tu sais ce qui m'énerve le plus dans cette histoire ? C'est que mon couillon de père n'a d'yeux que pour une pétasse comme toi ! Il ne me voit même pas ! Tu es sa préférée ! TU ES SON POINT FAIBLE ! Tu ne le réalises même pas ! Il ferait tout pour toi et tu n'en as rien à foutre ! Je n'ai jamais vu une telle ingratitude venant de ta part, tu vas baiser avec un gars tous les jours et mon père t'accorde autant d'importance ? Tu as bien de la chance d'être la fille d'Alejandro Gomez, sinon, je t'aurais tuée de mes propres mains ! TU NE MÉRITES RIEN ! Tu mérites de crever sous les mains de notre père ! menace Roberto en mettant son couteau sous la gorge de sa sœur.

— Comment tu peux dire une chose pareille ? Mais tu es aussi fou que notre père, ma parole ! Tu ne m'as jamais aimée, et personne ici ne m'aime ! C'est normal de foutre le camp de cette baraque de merde ! Je suis la préférée, tu dis ? Tu crois vraiment que je le vis de cette manière ? Tu idéalises beaucoup trop mon statut, Roberto, car il est inexistant ! Tu as toujours été jaloux de quelque chose qui n'existe pas ! C'EST DU VENT, ROBERTO ! fulmine Rebecca.

— Qui n'existe pas, tu dis ? Mais tu vas finir par devenir tueuse à gages, ce n'est pas un rêve, mais une réalité ! J'ai la rage de voir que ma sœur préfère niquer dans des bagnoles que de prendre SON PUTAIN DE RÔLE AVEC SÉRIEUX ! Oui, je suis jaloux et je rêve d'être toi pour ce que tu inspires à Papa ! Je n'existe pas pour lui, je vais faire tout mon possible, une fois majeur, pour lui prouver que je suis mieux que toi ! Je vais te poursuivre jusqu'à la fin de mes jours et te détruire si tu ne joues pas ton rôle ! Si tu déçois Papa, je te jure que je vais te le faire payer ! vocifère Roberto qui n'a peur de rien.

— Roberto, tu sais quoi ? demande Rebecca en soufflant un bon coup.

— QUOI ?

— JE N'EN AI RIEN À FOUTRE ! lui crache-t-elle au visage avec un tel sang-froid que son frère réalise qu'elle est aussi comme son père, c'est-à-dire sans pitié.

Roberto a les yeux rouges, il balance violemment son couteau dans les escaliers et avale sa salive. Il réalise qu'il est vraiment envieux de sa sœur depuis toujours, il a accumulé beaucoup de jalousie et d'envie toutes ses années, et il va enfin pouvoir la sortir aujourd'hui.

Il frappe Rebecca avec une grande violence. Il a la main et la force nécessaire pour la détruire, mais, elle aussi sait se battre, malgré son jeune âge. Rebecca le frappe aussi fort que possible, ils se battent comme jamais dans la cage d'escalier. Rebecca n'en croit pas ses yeux, elle se bat pour la toute première fois avec son frère ! Il lui donne un grand coup au visage, elle réplique par un autre coup. Elle essaye de se défendre comme elle le peut, au fur et à mesure que la bagarre devient de plus en plus forte et de plus en plus violente. Ils se battent comme deux véritables ennemis, les coups sont des plus vifs et violents, ils se déchirent comme jamais.

Rebecca s'aperçoit enfin du vrai visage de son frère, et même si elle le voit toujours comme un gamin naïf et influençable, cette fois-ci, elle devine pour la toute première fois en lui un voyou et un futur tueur. Elle sait qu'une fois adulte, elle n'aura plus le choix que de tuer son frère si celui-ci l'empêche de vivre sa vie. Rebecca prend de plein fouet que son frère est capable de la tuer, là, à la maison, à seulement quinze ans ! Elle se bat face au diable, c'est lui ou elle. Rebecca a pris sa décision. Foutre le camp de cette maudite famille au plus vite !

Bim ! Une gifle en pleine face la ramène dans ce combat rapproché. Elle frappe son frère au visage, il perd un peu le sens de l'orientation. Elle en profite pour détaler de la cage d'escalier. Elle grimpe les marches quatre à quatre, fonce dans sa chambre et ferme la porte à clé. Roberto voit rouge et court à toute vitesse derrière elle. Il est prêt à tout pour détruire sa sœur, il ne peut plus la voir en peinture. Il tambourine comme un fou furieux contre sa porte.

— SALE LÂCHE ! À partir de maintenant, je vais surveiller tous tes faits et gestes ! Je vais vite savoir quel est le fils de chien qui baise ma sœur ! Fais bien attention à toi, on va jouer au chat et à la souris ! Je vais te préparer à ton rôle dès aujourd'hui !

— J'ARRIVERAI TOUJOURS À MES FINS, ROBERTO ! lui hurle Rebecca à bout de nerfs.

— C'est ce qu'on va voir…

CHAPITRE 4

LE MEURTRE DE FRANCO FERNOZAS

Je suis à l'entrepôt, j'adore passer mes journées là-bas, je peux enfin défoncer des gens et faire ce que je sais faire de mieux. Je suis dans une cellule de la bâtisse. En face de moi, un connard de Fernozas, assis, les poignets menottés derrière le dos. Mes deux tueurs préférés, qui ont toujours fait ce que je leur demande, sont au fond de la pièce en train de me regarder tabasser ce fils de chien… Je le frappe au visage jusqu'à le pulvériser, il y a du sang partout. Le gars prend cher, la seule chose qui m'énerve, c'est que c'est un dur à cuire. Dans ma vie de mafieux, je n'ai jamais vu un tel salaud qui tient bon aussi longtemps, mais je n'ai pas dit mon dernier mot ! Je vais me venger, comme d'habitude…

— Petit fils de pute ! J'ai pu te chopper si facilement ! Je me venge de ce que ta fratrie de merde a fait à mes deux Patouzas, j'ai vu ce que vous leur avez fait à votre entrepôt, j'ai vu ton chef se chier dessus et je te réserve le même sort !

— Mon chef va te massacrer ! On vous baise ! Nous, les Fernozas, on s'en sort très bien sans vous et un jour viendra où on va vous prendre tout ce que vous avez ! Petite merde ! ironise-t-il en me regardant de travers.

— Ah bon ? Je ne crois pas qu'Alonso Fernozas est de cet avis !

— De quoi tu parles, du con ! dit-il avec difficulté en crachant du sang.

— Le petit frère est mort de mes propres mains, mon chéri… Tu ne penses quand même pas que votre mafia allait le rester pour la vie ? Le prochain sera cet enfant de putain de Franco Fernozas que j'attends avec impatience. C'est bien lui le faible de la famille !

— TU AS FAIT QUOI ?

— N'ose même pas hausser le ton ! je lui crie en le frappant au visage comme jamais.

— Gonzalo va te tuer…

— Je n'attends que ça mon cher, que ton salaud de chef sorte de sa tanière, car depuis l'annonce de la mort de son frère, il n'ose plus sortir de chez lui. Le pauvre, cela doit être difficile de perdre son minable de petit frère !

— Va te faire foutre Alejandro ! Tu as beaucoup de chance que je sois attaché, sinon tu ne serais plus de ce monde, espèce de fumier ! crache-t-il avec haine en me regardant dans les yeux.

J'esquisse un grand sourire, j'ai pitié de cet homme chauve, moche et plein de cicatrices au visage. J'éprouve un dégoût immense. Je me demande bien comment une femme peut avoir envie de baiser un homme comme lui. Je dois finir le travail et trucider ce vaurien. Je le tabasse jusqu'à lui briser la mâchoire, il hurle de toutes ses forces. Je ressens un plaisir incommensurable, c'est pour moi la plus belle des mélodies…

Sans que je le demande, quelqu'un frappe à la porte. Cela me surprend, je déteste quand on me dérange ! Cela me réveille net de mon extase, je retombe directement dans la réalité. Un homme derrière moi entre dans la pièce, c'est Ricky, mon dixième tueur à gages. Je veux l'engueuler comme une merde, mais il ouvre la bouche sans mon autorisation.

— Chef ! J'ai une bonne nouvelle à vous annoncer ! Vous êtes un génie ! Vous aviez raison, Franco Fernozas est à l'hôpital, il a fait un malaise cardiaque ! On a surveillé son domicile et l'hôpital où il est désormais ! C'est le moment de passer à l'action !

— Tu entends ça, petit fils de putain ? dis-je en me penchant vers le Fernozas qui a la tête baissée comme un chien battu.

— JAVIER ET LUIS ! VENEZ ICI ! ordonné-je avec un regard confiant.

— Oui, chef !

Les deux hommes s'approchent du Fernozas qui regarde Alejandro avec haine, la bouche pulvérisée du côté droit.

— Tranchez-lui la gorge comme les colliers de sang ! lancé-je avec sang-froid. Tu vas enfin connaître ce que ta race fait aux nôtres…

Javier et Luis prennent sa tête et Javier lui tranche la gorge comme un cochon de lait. L'homme meurt sous mes yeux, il se vide de son sang. Je prends une grande inspiration et je souffle pour détendre tout mon corps et mon esprit. Je fais le plein de force comme un vampire en buvant le sang de sa victime.

— Les affaires reprennent ! Javier et Luis, nettoyez-moi ce bordel !

Voyez-vous, j'ai tout planifié. Pendant mon temps d'observation, j'ai pu fouiner et voir qui avait une bonne santé ou non, et j'ai remarqué, grâce à un médecin, que le petit Franco a des problèmes de cœur. Je me suis dit que si le petit frère meurt, le petit Franco allait obligatoirement vaciller, et j'avais raison. Ce connard de Ricardo ne réalise pas les efforts que je fais au quotidien pour obtenir ce que je veux, il croit que je passe du bon temps… Vivement que je le liquide, celui-là. Notre relation n'est plus la même depuis que je travaille sérieusement. De toute façon, je n'attends rien de sa part. Mon but, c'est de faire mon boulot et pas de me faire des amis. Un boss n'a pas d'amis !

Je prends le temps d'étudier chaque plan de l'hôpital de Los Angeles du quartier des Fernozas, ils ne vont pas l'envoyer ailleurs. J'ai bien tout vérifié et ce qui m'intéresse le plus, ce sont les bouches d'aération. Je dois me faufiler pour arriver à me cacher sans me faire voir en parcourant l'établissement à mon aise. Je sais exactement ce que je dois faire pour passer inaperçu, et cette fois-ci, je n'ai besoin de personne pour cette mission. J'aime beaucoup ce genre de tâche, car je déteste avoir des hommes à ma charge. Je n'ai qu'aujourd'hui pour réussir à avoir ce type, donc je n'ai pas le temps et je dois agir vite. Je remercie Ricky, même si je veux lui foutre un poing dans la gueule parce qu'il m'a dérangé. Mais bon, c'est ce qu'on va appeler un bon dérangement. Je parcours l'entrepôt pour arriver à mon bureau, je me déshabille vite et prépare tout ce que je dois prendre avec moi. Il y a des habits de Fernozas noir, mon sac en cuir noir, dans lequel j'ai un autre sac plastique refermable et c'est tout. J'emporte avec moi un fusil silencieux et j'ai mon couteau favori, j'ai même pris un bon couteau chirurgical au cas où. Je prends le temps de me laver les mains et d'être propre sur moi, je mets un chapeau et mes lunettes et je pars comme un voleur de l'entrepôt des Patouzas. Je n'ai besoin de rien de plus, ma mission peut enfin commencer.

Je sors de l'entrepôt, mes hommes m'appellent un taxi pour échapper aux regards indiscrets, le véhicule parcourt tout Los Angeles. Lorsqu'on entre dans leur quartier, j'essaye de respirer à pleins poumons, je suis heureux et excité comme une puce, j'ai hâte d'y être. Mes hommes ont pris le temps de vérifier par où ce connard est entré dans l'hôpital et comme je l'ai prédit, il est entré par les urgences. Je vais donc éviter ce coin à tout prix, beaucoup de Fernozas attendent devant cet endroit et non à l'entrée principale de l'hôpital. Pas de stress, personne ne connaît mon visage, je porte un chapeau et des lunettes noires, et je suis habillé comme eux, donc je passe inaperçu, comme à mon habitude. Pour devenir invisible aux yeux des autres, il faut faire comme si tout était normal, un monsieur de cinquante ans prend un taxi pour aller voir son docteur, tout est absolument normal… Le taxi s'arrête devant l'hôpital, l'homme paye et se rend chez son docteur, et le pire, c'est que je le fais sans crainte. Je paye le taxi, sors de la voiture en observant l'entrée qui est bondée. Je vois quelques Fernozas en train de discuter et de fumer devant l'hôpital, beaucoup de personnes entrent et sortent, beaucoup de va-et-vient qui me font grandement plaisir. Je marche à mon aise en regardant les alentours. Personne ne fait attention à moi, c'est comme si j'étais un fantôme, mon plan a parfaitement fonctionné. Je suis entré dans l'hôpital comme un cheval de Troie, beaucoup sont en train d'attendre, il y a de tout : des femmes, des enfants, des vieux et je suis ravi de pouvoir passer inaperçu à ce point. Je suis limite un peu déçu, je m'ennuie presque…

Je vais vers l'accueil, j'y vois une belle jeune fille au téléphone et elle est visiblement très sollicitée.

— Bonjour, Mademoiselle, j'aimerais voir mon neveu qui vient de rentrer à l'hôpital aux urgences. Je suis très inquiet, mon cœur souffre, il s'appelle Franco Fernozas et il est tout ce qu'il me reste. Pouvez-vous me dire où il est, s'il vous plaît ?

— Bonjour, Monsieur… Attendez… Euh, monsieur Fernozas est au quatrième étage dans la chambre quatre cent quatre. Je vois ici sur mon ordinateur qu'il est interdit d'y aller pour l'instant, sa sécurité est primordiale. Il a fait un malaise cardiaque et personne ne peut encore aller le voir. L'étage est fermé, Monsieur, vous pouvez patienter ici si vous le voulez et je vous appellerai quand l'étage sera libre, me dit-elle avec bon sens.

— Oh et bien merci, je pensais pouvoir le voir, mais je vais attendre et prendre un peu l'air pendant ce temps. Merci, Mademoiselle.

— De rien, Monsieur, c'est mon travail…

Je lui fais un sourire et je me dirige vers l'ascenseur le plus proche, car je connais parfaitement les lieux. J'entre dans l'ascenseur bondé de visiteurs et je vais au troisième étage, je marche le plus loin possible pour que personne ne puisse me remarquer. J'essaye d'éviter toutes les personnes de l'étage pour pouvoir enfin commencer mon job qui me pique le nez. L'endroit le plus calme est bien évidemment les toilettes, et c'est le meilleur endroit pour se cacher et faire ses affaires. J'ai choisi les plus discrètes du troisième étage. J'entre dans une cabine, je range mes affaires et je monte sur les WC pour bouger le couvercle des bouches d'aération. J'y entre, je me faufile comme une panthère en prenant bien soin de remettre le couvercle comme si de rien n'était. À présent, le jeu peut commencer…

J'ai étudié par cœur tous les étages en passant par la bouche d'aération. Même si ce n'est pas super confortable, je dois admettre que c'est le moyen le plus simple pour réussir ma mission. Je prends le temps de progresser en voyant l'hôpital fonctionner comme si je n'existais pas. Je me retrouve maintenant au-dessus de l'ascenseur du troisième étage, et comme personne ne peut monter au quatrième puisqu'il est interdit, je dois faire vite, car si une personne descend ou monte encore plus haut, je n'arriverai jamais à l'étage désiré pour tuer ce fils de pute !

Je grimpe à une échelle de sécurité. C'est haut et je n'ai pas le temps de penser. Cette dernière est uniquement utilisée quand les ascenseurs sont à l'arrêt, donc si quelqu'un a l'intention de monter au cinquième, je l'ai dans le cul ! Je crapahute tel un singe, comme si ma vie en dépendait. Au fond, c'est bien le cas. Une fois arrivé en haut, je m'aperçois qu'un connard a pris la décision de monter au cinquième, je vois ce foutu ascenseur venir vers moi pour m'achever. Vite, j'ouvre la bouche d'aération pour me faufiler à l'intérieur, puis je referme prestement le couvercle et m'allonge deux minutes afin de reprendre mon souffle.

C'est bon, maintenant, je vais tuer ce fumier !

Je parcours tout l'étage du quatrième par la bouche d'aération, et putain, ce qu'il est sécurisé ! Ce petit Franco Fernozas est plus en sécurité que le président des États-Unis ma parole ! Ces hommes sont de vrais mastodontes, là, ils ne rigolent plus. La perte de leur petit frère les a secoués, et tant mieux parce que même avec cela, je vais tuer cette petite pute !

L'empereur Franco Fernozas est couché dans son lit, rideau fermé, une infirmière est occupée à regarder tous les appareils autour de son lit pour vérifier que tout se passe bien. Elle discute avec lui et sort de sa chambre. Elle informe les hommes qu'il va rester encore quelque temps, car il n'est pas bien. Cela m'arrange bien, je vais pouvoir m'occuper de lui. Une fois le calme revenu, je prends le temps d'ouvrir le couvercle de la bouche d'aération dans le silence le plus total, il bascule vers le bas. Je me trouve au-dessus du plafond de sa chambre, mais plutôt vers la droite, du côté de l'entrée de sa porte, donc il ne peut rien voir. La chance que j'aie, c'est que sa chambre est grande. Je prends le temps de descendre en m'appuyant sur mes mains et je saute comme une panthère sur le sol. Je suis tellement silencieux qu'il reste endormi. Je tire légèrement le rideau et je constate qu'il a effectivement les yeux fermés. Une fois proche de son visage, je sors une seringue de son étui que j'avais accroché autour de mon pied. Elle contient un produit paralysant, tout en laissant la personne consciente. Je veux faire ça bien, c'est la meilleure solution, vu les circonstances ; le silence et la discrétion sont mes meilleures armes.

Je me lève silencieusement et je lui pique le cou avec le plus beau sourire. Sous la piqûre, il ouvre les yeux, choqué et essaye de se débattre en essayant de crier, mais je lui ferme la bouche en même temps. Trop tard, le produit dans les veines, il ne sait plus bouger ni parler, son corps devient de plus en plus lourd jusqu'à devenir un mort-vivant pour de vrai. Je prends le temps d'abaisser la lumière et de me coucher sur lui comme un gros porc que je suis. Je l'observe me regarder avec un dégoût et une colère noire.

— Quel agréable moment nous passons, toi et moi, Franco. Je ne pensais pas que cela serait aussi facile. Ton petit frère mort, et puis toi… tu es le plus faible de la famille, il faut tuer ton frère pour finir à l'hôpital ? Je pensais que les Fernozas étaient plus solides que ça, ma parole ! Quel moins que rien tu es, Franco !

Il est choqué. Sans bouger ni parler, il devient fou, ses yeux partent dans tous les sens.

— Oh, ne te fatigue pas Franco, on sait tous très bien que tu vas crever aujourd'hui. Ne perds pas ton temps à vouloir m'insulter ou autre, je vous aurai tous et je vous tuerai tous jusqu'au dernier ! Croire que vous avez une chance face à moi est une grande insulte, mon cher ami. Croire que vous arrivez à nos chevilles, cela aussi est une grande insulte. Non, mais, tes frères et toi, vous pensez vraiment nous baiser la gueule ? Tu me fais rire Franco ! Toi et tes frères allez connaître votre châtiment, je serai pour vous tous votre faucheur attitré, chuchoté-je avec un sourire en le regardant par-dessus son visage avec tendresse. Je voulais que tu saches que j'ai eu un très grand plaisir à tuer ton petit frère et sa pétasse de bonne femme. Aujourd'hui, mon plus grand plaisir, c'est de te tuer, toi !

Je prends le temps de sortir de son lit et de me mettre à côté de lui, il me regarde comme un démon, prêt à bondir sur moi.

— Je vais te couper la tête comme un cochon de lait, tu vas enfin savoir ce que c'est de pratiquer votre barbarie ! dis-je avec froideur.

Je prends le couteau chirurgical pour aller plus vite, et surtout pour que le travail soit plus propre, car il faut avouer que j'ai massacré la tête de son petit frère. Le seul problème, c'est que je n'ai pas apprécié le moment, c'était vide de sens, c'est comme si j'égorgeais un mort. Une fois coupée, je fourre rapidement sa tête dans mon sac plastique en souriant. Je retourne sa taie d'oreiller et je commence à rire. Je prends sa tête contre moi pour qu'il puisse regarder mon chef-d'œuvre, ni vu ni connu. Après avoir pris le temps de fermer les appareils autour de son lit, je dois y aller…

Mais je trouve que j'ai été trop gentil, c'est trop facile et trop rapide, pour moi ce n'est pas assez choquant ! Je veux que Gonzalo Fernozas soit le plus traumatisé possible et juste une tête coupée ne le fera pas trembler plus que ça. Alors, je dépose la tête de Franco sur le meuble près de son lit et je décide de créer une œuvre d'art. Je baisse son putain de pantalon et lui coupe les parties intimes, comme on fait encore en Amérique latine chez nous, en Colombie, qui fait partie de mes racines. Contrairement à là-bas, je trouve que notre mafia, ici en Amérique, s'est un peu trop assagie de ce côté-là.

Je prends sa bite et je la pose en plein milieu de son oreiller, je positionne ses couilles visqueuses pour faire les yeux, et avec son sang, je dessine un joli sourire. Je commence par pouffer silencieusement avant d'être en plein fou rire. Une fois que j'ai bien arrangé le tout, je dépose un baiser sur son front.

— Tu as vu mon œuvre d'art ? Ton connard de frère ne va même plus reconnaître son frère adoré ! Bon allez, je me casse, la fête est finie !

Je m'accroupis et reprends le sac plastique qui contient sa putain de tête, et je repars silencieusement comme je suis venu, en grimpant à l'aide d'une chaise dans la bouche d'aération. Je ne fais aucun bruit et je referme derrière moi le couvercle, comme si rien ne s'était passé…

Je parcours la bouche d'aération avec mon trophée en main, mais je dois à présent faire vite. Je regarde tous ces hommes surveiller un homme mort, je suis dans tous mes états, je suis heureux comme jamais. Une fois arrivé près de l'ascenseur, le cri d'une femme se fait entendre et tous les hommes de Franco Fernozas courent dans le couloir comme des fous furieux. Il est temps pour moi de foutre le camp au plus vite !

À l'ascenseur du quatrième, j'ai beaucoup de chance que celui-ci soit en haut, mais je dois faire vite, car il descend de plus en plus. Descendre d'une échelle avec une putain de tête n'est pas facile du tout, mais je réussis cependant ! Au troisième, je retourne aux toilettes des hommes, et heureusement, il n'y a toujours personne. Je me lave rapidement les mains encore pleines de sang. Je remets mon manteau, mes lunettes, mon chapeau et mes gants noirs pour ne pas éveiller les soupçons, car le sang n'est pas vraiment bien parti. Je range la tête de l'autre débile dans mon sac en cuir et je sors rapidement des toilettes. J'évite ces maudits patients dans les couloirs et je monte dans l'ascenseur comme une personne normale, même si tout l'étage du quatrième est désormais dans une pure folie furieuse.

Je sors de l'ascenseur à mon aise, tranquille, en me baladant avec une tête d'homme dans mon sac. Quelques Fernozas courent dans les couloirs du rez-de-chaussée pour prendre l'ascenseur et les escaliers, ils me bousculent comme une merde pour entrer dans la cabine. Je les vois paniquer et devenir fous, ils ne font que crier et insulter. Je traverse l'hôpital avec un grand sourire, ma mission est réussie. Il ne me reste plus qu'à prendre le taxi qui m'attend déjà devant l'hôpital. Mon passage dans l'établissement a été vif et bref, j'ai passé un agréable moment. Court et peut-être sans saveur, mais s'il y a bien une chose que je sais faire dans ma vie, c'est de réaliser mes missions à la perfection.

Gonzalo Fernozas est dans son entrepôt, il fume son deuxième cigare, les larmes aux yeux, il ne réalise pas que son petit frère est mort. Il n'arrive toujours pas à digérer la nouvelle, il passe le plus clair de son temps enfermé dans son bureau, à boire et à fumer et ne réussit plus à avoir les idées claires. Il a renforcé la sécurité de ses frères, mais malgré tout, il sait que cela n'arrêtera jamais Alejandro Gomez. Quand il a appris

que son frère Franco avait fait un malaise cardiaque, il s'est mis en colère, car l'hôpital est du pain béni pour les Patouzas ! Il n'est pas bien du tout, il s'imagine le pire. Il est préoccupé par la santé de son frère, mais aussi par la sécurité de l'hôpital, même s'il a utilisé tous les moyens pour le protéger. Il boit son verre de whisky avec rage, il est en piteux état et il a honte de lui ; il devient faible et cela ne lui est jamais arrivé… Il regarde le sol dans le vide jusqu'à ce qu'il reçoive un appel qui lui bouscule les méninges.
— Boss ?
— Oui.
— Je ne sais pas comment vous dire cela…
— ACCOUCHE ! hurle-t-il avec haine.
— Franco est mort, Monsieur.
— …
— Mais pas du cœur, Monsieur…
— Son nom commence par un A ?
— Oui, Monsieur.

CHAPITRE 5

LA BOUSSOLE

PARTIE 1

— Aimes-tu le homard de chez nous, Mike ? demande son oncle Richard en le regardant par-dessus ses lunettes.
— Je ne suis pas très fan, mon oncle, mais c'est délicieux quand même, répond Mike en essayant de bien mentir.
— J'espère bien ! Tu as une petite mine en ce moment, tout va bien ?
— Oui, mon oncle, je dois juste reprendre des forces, je me suis un peu négligé.
— Tu as intérêt à te reprendre, car la grande *initiation des Pears* est pour ce soir !
— Pardon ? Mon oncle, ce soir ? lance-t-il effrayé.
— Je te l'avais dit, Lili, qu'il ne serait pas prêt ! balance Andrew à sa sœur.

Mike est assis à la gigantesque table de la grande salle à manger de son oncle Richard et de sa tante Jane. Il n'y a jamais personne chez eux, mais il y a, tout le long de cette table, vingt-cinq chaises inutiles. La famille proche est au complet, ses parents et eux. Il est midi et ils mangent du homard à l'américaine avec des légumes et du fumet de poisson, tout ce que Mike déteste. L'ambiance est froide, avec une légère musique classique qui l'énerve au plus haut point. Ils mangent tous dans le calme et ne se regardent même pas jusqu'à ce que l'oncle Richard ouvre la bouche. Depuis quand s'intéresse-t-il à Mike ?

La grande initiation des Pears ! C'est une bombe atomique pour Mike, il n'est pas prêt du tout, et surtout pas pour ce soir. Tous les Pears doivent passer cette épreuve pour savoir qui va prendre les rênes une fois adulte. Mike ne veut pas tuer ou se faire tuer, il commence à transpirer et avoir une bouffée de chaleur.

— Regardez, le pauvre, il va faire une crise cardiaque ! dit Elisabeth en se moquant de son cousin.

— Ne t'inquiète pas mon fils, tout va bien se passer ! rassure Georges, le père de Mike, en essayant de le calmer.

— Vous auriez pu me prévenir ! Vous me l'apprenez comme ça, ce n'est pas quelque chose que l'on annonce du jour au lendemain ! s'indigne le jeune homme.

Toute la famille est surprise de voir Mike se rebeller à ce point, à part ses deux cousins qui

commencent à se poser des questions sur lui. Ils n'ont plus confiance en lui, il devient bizarre et en plus de ça, il leur échappe. Du coup, ils le surveillent et voient bien qu'il commence à partir en sucette.
— Comment oses-tu parler comme cela devant ton oncle ! gronde Georges, son père, qui le regarde avec mépris.
— Tu n'es pas content ? le défi Andrew.
— Bien sûr que si, Andrew, mais je voulais me préparer un minimum !
— Tu crois qu'on a le choix ? Nous aussi on l'a appris aujourd'hui, gros bêta ! lâche Elisabeth qui le prend de haut.
— Tu crois que ton père et moi étions préparés ? Vous n'êtes que des petits pourris gâtés ! Vous avez la belle vie et vous ne méritez rien ! La grande initiation des Pears commence ce soir et vous n'avez pas le choix, est-ce bien clair ? grogne Richard en fusillant du regard ses enfants et Mike, qui se décompose à petit feu.
— Oui, Père !
— Oui, mon oncle.

C'est la fin pour Mike, il regarde son homard mort dans son assiette, il se voit en lui. Il n'a plus faim, son cœur bat la chamade. À cet instant, il pense à Rebecca qu'il ne reverra peut-être plus. L'initiation peut tous les tuer, il n'a pas la certitude de rester en vie. Il n'est pas prêt pour ça, et surtout pas maintenant. Ses projets sont de fuir Los Angeles après le bal de fin d'année, mais là, c'est foutu pour lui. Ses plans avec

Rebecca sont désormais en suspens, il doit rester en vie coûte que coûte, son avenir avec elle en dépend. Il voit ses cousins rire entre eux, ils sont contents de passer la grande initiation. Mike n'a qu'une seule envie, celle de fuir cette baraque maudite. Il se sent terriblement triste à l'idée de ne plus jamais revoir sa bien-aimée. Il n'a même pas peur de mourir, car il est déjà mort de l'intérieur, mais ne plus revoir Rebecca est insoutenable pour lui. Il regarde ses cousins furtivement, il ne peut plus les supporter, ils boivent et mangent comme si de rien n'était. Il les voit en train de rire et de s'amuser à table, il n'existe même pas à leurs yeux, c'est comme s'il n'était pas là. Une grande haine monte en lui, il est sûr d'une chose : il ne va pas mourir aujourd'hui. S'il doit tuer ses cousins, il le fera sans hésiter, c'est eux ou lui. Il se secoue une bonne fois pour toutes, décidé à vivre et à revoir Rebecca, quitte à tuer toute sa famille qu'il ne peut plus endurer.

— J'espère que le repas a été bon ! Maintenant les enfants, vous allez chacun vous isoler, comme le veut la coutume, pour réfléchir et réaliser dans quel système vous allez mettre les pieds ! Votre oncle et moi avons conçu la pièce par nous-mêmes avec notre imagination. Chaque Pears de chaque génération a dû inventer la pièce ultime pour réaliser l'initiation. On va un peu vous aider, mais à un moment donné, vous serez livrés à vous-mêmes ! Si vous réussissez l'initiation, Mike sera le futur contrôleur des médias de Los Angeles, et vous, mes enfants, vous serez la faucheuse

de la famille Pears. Si vous voulez vivre, vous devez tout donner ! Et si vous mourez, votre oncle et moi serons terriblement désolés, dit faussement son oncle Richard qui n'en a rien à cirer de sa famille.
— Bien, Père !
— Bien, mon oncle !

Mike et ses cousins sortent de table, trois majordomes se tiennent aux portes de la salle à manger, accompagnés de trois servantes pour chaque adolescent. Ils doivent s'occuper d'eux, leur faire prendre le bain, s'habiller pour l'initiation et faire toute une préparation pour ce soir. Mike en a horreur, mais il n'a pas le choix. Les trois adolescents parcourent la belle demeure en suivant les majordomes et les servantes jusqu'à ce qu'ils s'arrêtent en plein milieu d'un couloir.
— Les enfants, mettez-vous face à face et dites vos derniers mots avant la grande initiation de votre famille ! jette avec froideur une des servantes derrière Mike.

Les trois cousins se mettent face à face, ils regardent Mike avec arrogance. Leurs liens ne sont plus pareils depuis quelque temps, et avec Elisabeth, c'est encore pire.
— On va tout faire pour survivre à cette initiation ! dit Mike avec hargne.
— Ah bon ? Tu t'es enfin décidé à te réveiller, cousin ! Tu es devenu une vraie couille molle ces temps-ci ! Bouge-toi, sinon tu vas crever ce soir ! lance Andrew avec haine comme une fléchette.

— Je ne suis jamais d'accord avec mon frère, mais là, il a totalement raison ! Tu ne m'as jamais autant été indifférent qu'un clochard dans la rue ! lui balance sa cousine Elisabeth.
— Charmant ! Merci de me motiver les gars, ce fut un plaisir !

Andrew empoigne rapidement son cousin, qui le prend violemment par le col.
— Redescends sur Terre, Mike ! On n'est pas là pour s'amuser ! On joue notre propre vie, Ducon ! Mon père compte sur nous pour être les futurs faucheurs de cette ville, et sur toi pour être le boss des médias de Los Angeles ! Notre initiation va être regardée par nos supérieurs, comme monsieur Anderson en personne ! Ce sont des gens importants, ils vont venir voir notre exploit et il est hors de question que je meure aujourd'hui à cause d'un couillon comme toi ! Je ne sais pas du tout ce que tu as en ce moment, mais tu as intérêt à te réveiller, sinon je te tue ce soir, connard ! T'as bien compris ? Depuis quelque temps, tu me fais honte ! Tu ne mérites même pas ton nom de Pears. Finalement, Matthew Wilson n'a pas tort, je commence vraiment à douter de toi ! Tu crois que tout ce que tu as, c'est grâce à qui ? Si tu as la vie que tu mènes, c'est grâce à qui ? C'est grâce à nos pères et à leurs sacrifices ! Nous sommes la future génération et on doit se bouger le cul pour mériter notre titre de Pears ! Si tu ne réalises pas ça, je te jure que tu vas le payer cher ce soir ! menace Andrew.

— Je suis aussi capable de te tuer, Andrew, si tu me barres la route ! Je vais faire ce qu'il faut pour vivre, méfie-toi de moi ! Tu ne sais pas de quoi je suis capable, cousin ! À ta place, je fermerais ma gueule et que le meilleur gagne !
— Eh ben, il était temps que tu te réveilles Mike ! Aller Andrew, fais pas chier, on doit se préparer ! lâche Elisabeth avec indifférence.
— C'est ce que je veux voir ce soir, Mike ! On doit VIVRE !
— On vivra !
— Bien les enfants ! C'est la dernière fois que vous vous voyez, serrez-vous la main ! s'impatiente la servante derrière Mike.

Le jeune homme se retrouve dans une chambre d'amis, un majordome et la servante face à lui qui referment la porte derrière eux.
— Mon enfant, tu dois te déshabiller et me donner tout ce que tu possèdes, c'est la tradition ! dit la servante sans scrupules.
— Oui, Madame.

Pour Mike, c'est une véritable humiliation, mais il connaît la procédure. Il se met tout nu devant eux et leur donne son téléphone.
— Bien, maintenant, tu peux aller te laver le corps et les cheveux, je vais revenir vers toi quand cela sera terminé !
— Bien, Madame.
Mike part sans broncher, il se dirige vers la salle de bain et ferme la porte à clef derrière lui, il regarde la

douche gigantesque et éclate en sanglots. Il ouvre le robinet et fait couler de l'eau bouillante sur lui pour se calmer. Il ne supporte plus d'être celui qu'il ne veut pas être ! Même sa propre famille lui veut du mal, il ne peut même pas compter sur eux ! Quels gens odieux ! Ils méritent les enfers ! Il doit vivre, il n'a pas le choix. Rebecca est son seul espoir de survie, il n'a plus aucun doute, il l'aime de tout son cœur.

Une fois son bain terminé, Mike sort de la salle de bain. Le majordome est seul dans la chambre à l'attendre.

— Monsieur, à présent, je vais vous laisser vous reposer. Vous avez deux heures de repos obligatoire, je vous conseille de dormir, votre soirée va être longue.

— À qui le dites-vous !

Le majordome sort et ferme la porte à clef derrière lui. Désormais, Mike est seul pour de bon, il ne peut plus fuir. Il est piégé avec son esprit dans cette chambre qui l'insupporte. Il doit dormir afin d'être en forme pour ce soir. Il se couche dans le gigantesque lit et pense à Rebecca tout le long, jusqu'à s'endormir et l'imaginer auprès de lui jusqu'à la fin des temps…

— Bonjour, mon enfant… Il est 17 heures et tu dois maintenant te préparer ! dit la servante.

— Oui, Madame.

Mike se réveille. Deux jeunes servantes l'attendent avec des habits neufs, noir corbeau, pour l'initiation. Il est gêné d'être nu devant ces femmes, mais il n'a pas le choix. Son oncle a prévu des vêtements de marque *Boss* pour l'occasion, à la fois classe et sportifs, dans lesquels il se sent bien. Les deux jeunes servantes l'aident à s'habiller complètement, et surtout à ne rien oublier. Elles lui mettent de la crème sur le visage et le maquillent très légèrement, le coiffent correctement en plaquant bien ses cheveux pour que rien ne puisse le gêner pour l'initiation. Elles passent deux heures à préparer Mike devant la servante principale et le majordome, qui le regardent avec fierté. Ainsi vêtu, il ressemble à un agent secret. Il est désormais 19 heures et il est temps de passer aux choses sérieuses.

— Il est l'heure, mon enfant ! dit la servante.

Tout en passant derrière lui, elle le pique rapidement dans le cou avec une seringue. Cela le surprend, mais trop tard, il s'endort déjà.

Georges et Richard ont imaginé une boussole géante en s'inspirant de l'époque des pirates dans les Caraïbes en 1715. Au milieu de la pièce, se trouve un robot ayant l'apparence d'un ancien pirate dans une barque : il a la peau mate, des boucles d'oreilles en or, des tatouages sur le visage et même des cicatrices, il a des cheveux mi-longs noirs qui paraissent gras et qui lui tombent sur le visage, il porte un cache-œil en cuir noir… pour tout dire, il est affreux. Les frères Pears ont mis le paquet pour l'initiation, le pirate paraît tellement réel que l'on a l'impression qu'il l'est. Le pirate, dans sa barque surélevée par une grande poutre noire, un perroquet sur son épaule droite, ne bouge pas. La pièce est ronde comme une boussole, il y a le Nord, le Sud, l'Est et l'Ouest. Il y a en tout huit personnes attachées sur tout le pourtour de la pièce, il y a bien une raison à cela… En fonction du choix des frères Pears, la pièce va bouger, comme une attraction foraine. Sur le sol de la gigantesque boussole sont posées des centaines d'armes qui datent de cette époque : couteaux, épées, lames, sauf des fusils, car cela serait trop facile. Les frères Pears veulent amuser un peu leur ami Anderson pour l'occasion. Deux autres supérieurs à Anderson sont également présents pour accepter la future génération. Dans la boussole, à côté des frères Pears, se trouve un compte à rebours géant de 1715. Dès que le compteur arrivera à zéro, le dispositif se mettra en marche et l'épreuve commencera alors. Dans cette initiation, Mike est attaché au Sud, Elisabeth vers l'Ouest et Andrew vers l'Est. Chacun des jeunes futurs initiés a, à sa droite et à sa gauche, soit un rebelle, soit un bourgeois. La boussole est donc entourée d'ennemis du système et c'est aux jeunes Pears de faire eux-mêmes le sale boulot, pour une fois, de leurs propres mains. Mike et ses cousins ont appris depuis tout petit à se servir d'une épée, ils ont pris des cours avec un professionnel pour pouvoir réussir cette initiation. Mike est prêt à se battre contre ces gens qui n'ont aucune pitié face à lui. Mais il sait qu'il doit vivre, pas uniquement pour lui-même, mais aussi et surtout pour Rebecca…

Tout est en place dans la boussole, les jeunes Pears sont installés. L'initiation des Pears peut commencer !

Mike ne se sent pas très bien, il commence à peine à émerger du produit qu'on lui a injecté dans le cou. Il déteste ce coup monté par son oncle et son père, il se sent attaché et il ressent une pression sur sa poitrine. Sa tête vacille, il finit par ouvrir les yeux et voit en face de lui une barque avec un pirate à l'intérieur, il croit délirer, mais il y a bien un homme habillé en pirate en face de lui, qui est immobile. En levant la tête, il voit une cabine vitrée avec son père, son oncle et trois autres hommes qu'il ne connaît pas. Il se sent observé comme un vulgaire insecte. Il regarde autour de lui et constate qu'il est attaché après deux barres en forme de X. Il ne sait pas encore comment sortir de là, il est piégé comme tous les autres. Le compte à rebours en face de lui n'augure rien de bon pour lui et ses cousins, l'initiation va être plus dure que ce qu'il a imaginé. Il voit au sol des centaines d'armes tranchantes à portée de main. Il observe bien la pièce : il est piégé et, de part et d'autre de lui, de longs murs et des portes. Il comprend qu'il doit sortir de cette pièce pour pouvoir tuer des gens. Elle est seulement ouverte vers le plafond. Mike ne sait pas à qui il a affaire, mais il s'en doute un peu. Il entend soudain des gens se réveiller et parler à voix haute. Manifestement, ce sont des rebelles et des bourgeois, vu le langage et l'intonation des mots prononcés. Le côté positif, c'est qu'il sait se servir d'une épée et ses cousins adorés aussi. Il doit vivre, pas le choix !

Georges et Richard surplombent la pièce et regardent leur progéniture. Monsieur Anderson est très intrigué et excité par cette boussole, il n'a jamais vu ça. Les deux frères Pears ont en face d'eux une sorte de tableau de bord rempli de boutons qu'ils peuvent actionner pour aider leurs enfants s'ils en ont envie. Georges prend le temps d'allumer l'appareil, car il est prêt à tout pour que son fils Mike puisse vivre et continuer son travail.

— Tu comptes encore l'aider ? lance Richard avec arrogance.

— Euh… Oui, s'il le faut, lui répond Georges, un peu surpris.

— Moi, pas ! dit sèchement Richard.

— Pourquoi cela ?

— Est-ce que Papa nous a aidés, Georges ?

— …

— Alors, je ne vais pas les aider non plus !

— Oh, que j'aime ça Richard ! s'exclame monsieur Anderson.

— J'ai créé tout ceci pour te montrer de quoi je suis capable, mon ami. J'espère que tu vas passer un agréable moment ! se réjouit déjà Richard.

— Bien sûr, Richard ! Surprends-moi !

— QUE L'INITIATION DES PEARS COMMENCE !

Richard actionne avec malice le robot du pirate. Celui-ci s'immobilise et ouvre les yeux. Ils se posent sur Mike, qui réalise que l'initiation va enfin commencer…

CHAPITRE 6

LE MEURTRE DE JUAN PABLO

Il est 23 heures et Gonzalo Fernozas est assis sur son lit dans son motel, lumière éteinte. Il ne s'est pas lavé depuis trois jours, fume des cigares à répétition et boit énormément. Il vient de perdre deux de ses petits frères, son cœur est un véritable volcan. Il ne baise même plus ses putes préférées, il pourrait les étrangler tellement il a la rage. Il aurait décimé une ville entière tant sa colère est immense ! Il pleure beaucoup, lui qui n'a jamais versé de larmes depuis petit. Il n'aurait jamais cru perdre ses deux frères aussi vite. Depuis qu'ils sont morts, il est parano, colérique, instable, il se bat littéralement contre lui-même. En plus de sa rage, il doit gérer, avec ses autres frères, le business de ceux décédés. Il les a enterrés ici, à Los Angeles, pour bien montrer aux Patouzas qu'ils ne partiront jamais, même si Alejandro Gomez les tue un par un ! Gonzalo se sent impuissant, il ne sait pas comment faire pour tuer Alejandro Gomez, il devient fou, car la manière dont Alejandro a procédé pour tuer son frère Franco à l'hôpital dépasse toute son imagination. Gonzalo ne l'accepte pas, il n'est pas un tueur professionnel, et aujourd'hui, à chaque déplacement, il prend le temps de regarder partout dans son hôtel pour voir s'il n'y a pas de faille, dans ses murs et ses plafonds. Il a triplé la sécurité pour lui et ses derniers frères. Il bosse comme un acharné pour oublier ce qu'il s'est passé, mais rien ne peut lui faire effacer Alejandro Gomez.

Le téléphone de Gonzalo sonne, il est posé sur son lit à côté de lui, il ne veut même pas répondre. Tout ce qu'il veut, c'est s'enfoncer le plus profondément dans son lit.

— Bonsoir, mon frère, as-tu un souci ? demande Gonzalo.

— Non, Gonza ! Tout roule, je ne pensais pas rattraper nos affaires aussi vite, mais pas le choix ! J'aimerais bien que l'on se voie demain soir à *la Diosa.* Tu sais, le club où j'aime sortir. J'ai besoin de retrouver les miens et de voir autre chose…

— QUOI ? MAIS TU ES FOU MA PAROLE ! hurle Gonzalo en sortant furieusement de son lit.

— Oh, calme-toi mon frère…

— TA GUEULE JUAN !

— …

— Je viens de perdre deux de mes frères à cause de ce fils de pute d'Alejandro Gomez et toi, tu veux te changer les idées ? Tu réalises que tu es le suivant ? Tu te rends compte que si nous mourons tous, notre mafia va s'effondrer ? Qui va gérer notre business ?

Il faut que l'on trouve un plan pour tuer ce salaud, Juan, et toi, tu penses à sortir à *la Diosa* ? Tu n'as que ça à foutre mon frère ? aboie Gonzalo.
— Mon frère, on fait ce que l'on peut, je bosse comme un fou, je suis bien armé et j'ai une très bonne sécurité. Ce salaud n'aura plus de chance, crois-moi ! Désolé de te l'annoncer, Gonza, mais ce n'est pas en picolant dans ton bureau ou dans ton motel des jours durant que tu vas arranger les choses ! Personne n'ose te le dire, mais tu es devenu… faible… assène Juan Pablo qui n'a visiblement plus peur de son frère aîné.
— FERME TA GROSSE GUEULE, JUAN ! TU N'IRAS NULLE PART ! TU AS BIEN COMPRIS ?
— Sinon quoi, Gonza ?
— COMMENT OSES-TU !
— Mon frère ?
— QUOI ?
— Arrête tes menaces. Tu me fais presque pitié.
— TU N'AS PAS INTÉRÊT À Y ALLER, JUAN ! hurle Gonzalo comme un fou.
— Tu n'as toujours rien compris…
— QUOI ENCORE ? crie Gonzalo qui frappe la fenêtre de son motel tellement fort qu'il brise la vitre en face de lui.
— La mafia des cinq colliers de sang est terminée.

On est samedi et je suis à l'entrepôt des Patouzas, je prends mon temps et je me détends un petit peu.

Une strip-teaseuse est sur moi et je la mate bien sérieusement. S'il y a bien un homme qui est vicelard, c'est bien moi, j'essaie de m'occuper comme je peux. Dans l'entrepôt, Ricky, un homme à gage à qui je fais confiance, arrive très enthousiasmé.
— Chef ! Vous aviez raison, nous avons enfin pu nous brancher sur la ligne téléphonique des frères Fernozas ! On a intercepté leurs conversations. Gonzalo ne va pas bien du tout ! Juan Pablo sort ce soir à *la Diosa* ! Si on doit les attaquer, c'est ce soir, chef !
— Je m'en doutais ! Juan Pablo est le sorteur de la bande, il a toujours été fêtard et abruti jusqu'à l'os. Je viens de tuer ses deux frères et il ne peut pas s'empêcher de sortir pour soi-disant lâcher prise. Tant pis pour lui, ça va lui coûter la vie !
— Oui chef, on attend vos ordres ! dit Ricky tout excité, car il sait que le boss a besoin d'eux cette fois-ci.
— Ça marche.

Il est 13 heures, je suis assis sur mon bureau. Comme à chaque fois, mes dix tueurs à gages sont en face de moi, ils ont chacun une enveloppe, ils connaissent déjà tous la chanson. Ricardo a bien compris la leçon de la dernière fois, il reste immobile et ne dit plus un mot, il passe tout son temps avec le Chapeau Noir, comme une vieille pute. Il n'a plus de couilles pour me faire face et j'adore le voir dans une position de soumission. Je ne sais pas trop ce qu'il fricote derrière moi, mais ce n'est pas grave, je vais le buter pendant que j'égorgerai ce salaud de Gonzalo…

— Ouvrez tous vos enveloppes !
— Oui, chef ! disent les dix hommes en chœur.
— Lisez le mot à l'intérieur. Ceux qui ne travailleront pas avec moi pour l'instant dans cette mission, vous pouvez disposer !

Au bout de cinq minutes, une bonne partie des hommes sortent, même Ricardo. Il n'y a plus que Luis et Javier, tous les deux fiers d'avoir été choisis.

— Bon ! Si vous avez lu la lettre avec attention, vous avez sûrement compris qu'il va falloir agir seul sur ce coup-là mes amis ! Vous avez deux heures pour étudier tout le club de *la Diosa* par cœur ! Ensuite, vous avez le reste de la journée pour aller vous cacher dans les endroits que je vous ai indiqués. Toi, Luis, tu iras te cacher dans le camion de la boulangerie du patron de *la Diosa*, et toi, Javier, dans le camion alimentaire du traiteur du patron. Je serai dans le camion à champagne préféré du patron. Vous devez impérativement vous cacher à la perfection. Cette soirée va être alcoolisée, et vous vous en doutez, Juan Pablo ne fait pas les choses à moitié ! Il veut boire et manger et qu'il profite bien, car cela sera sa dernière soirée ! J'attends beaucoup de vous deux, c'est une mission très importante ! Relisez bien la lettre encore une dernière fois pour ne rien louper quand vous serez à l'intérieur du club. Si je dois me répéter, je vous jure que je vous tue sur place ! Nous serons trois pour nous faufiler à l'intérieur, les autres vont se déguiser en Fernozas et ils vont venir avec leurs prostituées pour passer inaperçus. On va les payer gracieusement pour qu'elles ferment leur gueule. Ils iront à l'intérieur du club comme si de rien n'était, et s'amuseront en gardant un œil sur les Fernozas. Je suis le seul à posséder une oreillette cette fois-ci pour savoir ce qu'il se passe à l'intérieur ! La chance que l'on va avoir, mes amis, c'est que ce soir, il y a un groupe mexicain très connu qui viendra chanter pour ce connard de Juan Pablo. Avec le bruit qu'ils vont faire, nous aurons la tranquillité sonore pour faire ce que l'on veut. Les armes seront utilisées dans le pire des cas, et encore, j'exige le silencieux ! On se retrouve à l'arrière du club ! Sur ce, bonne chance !

— Merci, chef !

Il est 16 heures, j'ai étudié dans le calme le plan de ce foutu club. Je sais que je vais bien évidemment foutre le bordel à moi seul. Je le connais déjà, mais là, je sais absolument tout de cet endroit, qui deviendra le cimetière de Juan Pablo. Le collier de sang que je vais égorger devant toute son assemblée. Il est l'heure pour moi de partir et de commencer ma mission. Je prends ma douche, m'habille en noir, et j'emmène quelques affaires indispensables : mon couteau favori de Colombie, un fil solide, mon silencieux, et surtout, un sac pour y foutre la putain de tête de Juan Pablo. C'est largement suffisant, je ne peux pas prendre plus sur moi. Une fois prêt, mon chauffeur me conduit près du magasin préféré du patron de *la Diosa.* Il se gare beaucoup plus loin et je me promène comme si de rien n'était. L'avantage que j'ai, c'est que personne ne connaît vraiment mon visage, je suis une vraie panthère. Je prends le temps d'observer les alentours. À cette heure-ci, le magasin est vide, mais ouvert. Je me faufile rapidement en ouvrant délicatement la porte pour entrer. Personne ne doit me voir et je ne dois tuer personne, sinon, la mission est foutue. Je me cache sous le comptoir, le vendeur arrive pour regarder sa caisse, car il a cru avoir entendu la porte s'ouvrir.

— J'ai cru avoir entendu quelqu'un ! Il y a du courant d'air en plus… marmonne-t-il pour lui-même, sceptique.

Il va voir à l'avant de son magasin, c'est là que je prends le temps de me faufiler par une porte ouverte qui mène à l'arrière. J'arrive vers le petit entrepôt où il y a cinq hommes qui bossent comme des fous pour remplir un gros camion pour ce soir, avec les plus grosses bouteilles jamais vues sur Terre. Je sais que c'est pour Juan Pablo, je dois rapidement me cacher à l'intérieur d'une caisse à champagne, il y en a quelques-unes d'ouvertes. Je n'ai pas beaucoup de temps, car il est déjà 18 heures et beaucoup de clubs commandent des bouteilles, la veille de la soirée. Je me faufile comme un guépard dans une des caisses en bois et la referme, il ne me reste plus qu'à prier que ces couillons ne l'ouvrent pas, mais personnellement, je ne pense pas. Après quinze minutes, deux hommes arrivent et chargent la caisse à l'aide d'un Fenwick. En haut du camion, un homme commence à se poser des questions.

— Ce ne sont pas des bouteilles, ça, c'est du béton ! J'ai l'impression de porter un cadavre ! dit l'homme qui range le camion.
— Oh, boucle là et continue de travailler ! répond un autre.

Une demi-heure plus tard, tout est bouclé, ils referment le camion et nous partons. Je suis impatient d'accomplir cette mission, j'ai hâte de retrouver Luis et Javier pour tuer ce fumier de Juan Pablo…

Il est 23 heures, toutes les caisses sont déjà à l'entrepôt de *la Diosa,* j'attends le bon moment pour sortir. Une fois que le calme s'installe, je sors de la caisse en bois. Je suis heureux de sortir de ce trou, je me cache à l'arrière et j'observe bien l'endroit de mes yeux de lynx. L'entrepôt à l'arrière est plein à craquer, Luis et Javier sont aussi de sortie, ils ont réussi ma mission, ils ont réussi comme moi à se faufiler ailleurs dans d'autres caisses, je suis fier d'eux pour le coup. J'ai hâte que cela commence à bouger.
— Chef, c'est ici ! J'ai tout étudié, je connais ce club sur le bout des doigts ! lance Luis avec impatience.
— C'est bien, mon enfant !

Luis et Javier montent rapidement dans le conduit d'aération. J'ai le champ libre, personne à l'horizon. Pour moi, l'heure de commencer ma mission a sonné.

Minuit, le moment le plus merveilleux qui soit. Juan Pablo est déjà là, dans la pièce privée la plus sécurisée du club. Il en a deux à sa disposition. Il peut voir tout le club de l'endroit où il se trouve, mais reste invisible aux yeux de ceux qui sont à l'intérieur. Cela m'assure un bon meurtre comme je les aime. Personne ne nous voit et je suis le plus chanceux ce soir. Il a une pièce avec fauteuil, cigare et alcool, et l'autre comporte une gigantesque table sur laquelle se trouve une tonne de nourriture mexicaine. Mes hommes et moi attendons le bon moment, mon plan est que l'on se cache sous les longs chariots du restaurant pour pouvoir entrer dans l'espace privé de Juan Pablo, ni vus ni connus. Le plus dur est d'attendre le calme plat pour sortir de la bouche d'aération qui se trouve juste en face des chariots remplis de nourriture !

Et comme je suis toujours chanceux, mes hommes ont pu sortir et se cacher comme moi. On doit faire comme si on n'existait pas ! La seule chose qui est compliquée, c'est de se cacher entre la nourriture, les pains, les plats chauds. Nous sommes installés dans une mauvaise posture, mais il n'y a aucune autre solution possible.

Après, il ne reste plus qu'à prier que ces putains de serveurs ne réalisent pas que le chariot est super lourd à pousser, sinon, je les tue à coup sûr.

— Putain, c'est lourd ! dit un des serveurs qui en a marre de faire des allers-retours.

— T'inquiète, ce sont les derniers chariots ! Juan Pablo a invité quelques amis pour passer la soirée. Après ça, notre travail sera terminé, on a rempli toute la salle à manger du VIP en termes de bouffe et d'alcool !

Hum, intéressant tout ça, mon adrénaline commence à se réveiller, j'ai hâte de pouvoir le vivre enfin. Tout le club est bondé de gardes pour Juan Pablo, je dois être le plus intelligent possible. La porte du VIP s'ouvre enfin devant moi, je suis encore le cheval de Troie ce soir-là et Juan Pablo va morfler. Les trois charriots entrent, deux gardes du corps à l'entrée referment la porte à clé derrière eux. Juan Pablo et ses amis sont là, sirotant un whisky et fumant un cigare, dos à la pièce d'à côté. Il y a deux gardes du corps à l'intérieur qui regardent la soirée se dérouler, et les trois serveurs qui se cassent le cul à mettre toute la nourriture sur la longue et interminable table de merde. Je n'ai plus le choix, je sors rapidement du charriot avec mes hommes et nous étranglons les serveurs silencieusement avec nos fils en métal, à l'ancienne. Une fois mort, je tire, avec mon silencieux, dans la tête des deux gardes du corps de Juan Pablo. Avec mon aide, Luis et Javier cachent rapidement les corps. La musique est tellement forte que c'est du pain béni pour nous. J'éteins la lumière de cette pièce qui n'est plus qu'un cimetière et j'entre dans la gueule du loup avec un calme dont je ne me serais jamais cru capable…

Luis et Javier entrent doucement et tuent rapidement les quatre amis de Juan Pablo d'une balle dans la tête. Ce dernier ne l'a même pas réalisé. Il danse, fume et boit dans sa pièce privée dans le noir le plus complet. Il regarde tranquillement le concert mexicain qui se déroule devant lui à travers la gigantesque baie vitrée. Luis et Javier en profitent pour dégager les corps dans l'autre pièce, pendant que je m'installe paisiblement sur le fauteuil relaxant derrière lui, avec mon arme à feu pointée sur lui.

— Vous êtes calmes, mes frères… Je me sens tellement bien, cette soirée est à moi ! Mon vieux frère est encore caché dans sa tour dorée ! Quel imbécile ! ricane Juan Pablo qui se croit en sécurité.

— Je ne te le fais pas dire !

En une fraction de seconde, Juan Pablo comprend, il reprend ses esprits instantanément, il ne boit plus, respire à plein poumon et se retourne pour faire face au pire.

— Nous nous retrouvons enfin ! Tu ne peux même pas imaginer à quel point j'avais hâte de pouvoir buter un autre petit enfant de pute des colliers de sang ! Pour une fois, ton frère Gonzalo a raison mon ami, et c'est sûr que cette soirée sera la tienne. Je vais faire en sorte que tu réalises bien que c'est ta dernière !

— JE NE PEUX PAS LE CROIRE ! TU ES LE DIABLE, MA PAROLE ! hurle Juan Pablo qui balance son cigare et son verre sur moi.

Il cherche rapidement son arme à feu dans son dos avec son bras droit. Je tire aussitôt sur son épaule, il hurle et tombe comme un petit enfant derrière la grande baie vitrée.

— FILS DE PUTE ! crie-t-il de rage en tentant de prendre son arme avec l'autre main.

Mais encore une fois je tire, cette fois sur son épaule gauche. J'adore le voir se saigner inutilement.

— Je te pensais plus intelligent ! Ne vois-tu pas que c'est une mauvaise idée ?

— FERME TA GUEULE ! TU NE VAS PAS ME TUER SI FACILEMENT ! JE SUIS UN FERNOZAS ! TU NE SORTIRAS JAMAIS D'ICI VIVANT ! prévient-il, plus enragé que jamais.
— Peut-être, mais en attendant, celui qui va à coup sûr mourir ce soir, c'est toi ! Luis, Javier, aidez ce pauvre garçon à venir s'asseoir en face de moi, s'il vous plaît.

Juan Pablo ne peut plus bouger ni se lever, c'est horrible pour lui, mes hommes le portent comme un sac à patates et le balancent sur un fauteuil face à moi.
— SALE FUMIER ! COMMENT AS-TU FAIT POUR ARRIVER JUSQU'ICI ?
— Cela s'appelle le talent, Juan, et c'est tout ce que les Fernozas n'ont pas ! Quand on vous dit que nous sommes les meilleurs, ce n'est pas de la vanité mon cher, c'est un fait ! Le Chapeau Noir est le roi de Los Angeles, et sur ce coup-là, vous vous êtes loupés ! Ce n'est pas parce que vous baisez des putes, que vous achetez des territoires et que vous égorgez des gens que vous pouvez vous autoproclamer rois de Los Angeles, car des comme vous, j'en trouve plein les rues ! Avoue que je t'ai eu, Juan… dis-je avec assurance.
— Même si tu es le meilleur de tous les temps, mon frère et les Fernozas ne vont jamais baisser leur froc pour vous ! Un jour, on sera sur votre trône, notre travail va payer ! rétorque avec arrogance Juan Pablo qui n'a visiblement pas peur de moi.
— Ah bon ? Tu es sûr que ce n'est pas déjà fait pour Gonzalo ? Le pauvre, il est dévasté par tout ce qui lui

arrive. Et en ce qui concerne ta pseudo mafia, il ne reste plus grand-chose pour la faire tomber ! C'est ça le problème avec vous, les Fernozas, c'est que vous vous imaginez vraiment être capables d'être nous, mais vous ne le serez jamais, Juan, et je sais de quoi je parle ! Gonzalo est déjà mort et tu le sais, alors pourquoi nier les faits ?

— JE TE BAISE, ENCULÉ ! crie Juan Pablo en me crachant dessus.

S'il y a bien une chose que je déteste dans ce monde, c'est bien le crachat d'un morveux, cela me dégoûte au plus haut point. Je pense qu'il est temps pour moi de passer aux choses sérieuses…

Je me lève de mon fauteuil et demande à Luis et à Javier de lui mettre les mains à plat. Il se débat comme il peut, alors, je demande gentiment à mes hommes de le crucifier avec leur gros couteau sur le fauteuil pour qu'il ne puisse plus bouger. Bien évidemment, il hurle de douleur. Je me permets de m'asseoir et écarte mes jambes sur lui comme une strip-teaseuse, il recule de dégoût, il ne comprend pas ce qu'il se passe. La scène est hilarante pour moi, Luis et Javier ne veulent vraiment pas être à la place de Juan Pablo, cela ne présage rien de bon de ma part…

— Tu vois, Juan, le fait d'avoir pensé à me cracher dessus est la preuve de ta bêtise. Tu sais, chez nous, les Colombiens, on préfère mourir que de cracher sur un boss, quel qu'il soit. C'est intolérable pour nous, c'est une preuve de soumission et d'humiliation envers l'ennemi.

— JE SUIS MEXICAIN, DUCON ! JE T'EMMERDE AVEC TES PRINCIPES DU MOYEN ÂGE !
— Encore une fois, chez nous, nous n'aimons pas les mauvaises langues.

Je prends mon couteau adoré et lui tranche la langue d'un seul geste avec le plus grand des sourires. Il hurle bien sûr et cela devient pour moi très ennuyeux. Je m'ennuie beaucoup sur ce coup-là, je vais tuer un puceau et cela m'emmerde au plus haut point.
— Bon ! La soirée a été bonne, mais j'ai autre chose à foutre. Passe le bonjour à tes frères de ma part.

Je l'égorge comme chez eux, comme un porc. Luis et Javier ne réussissent pas à regarder jusqu'au bout, ils n'arrivent pas à comprendre comment je peux aimer ça. Je prends un véritable plaisir à ôter la vie de ce trou du cul. Le pouvoir, c'est ça que j'aime le plus et c'est ça qui me fait vivre, le pouvoir de changer le courant de la vie des gens si je le souhaite.

Une fois le massacre terminé, je mets sa tête dans mon sac, je revêts ses propres habits et je sors de la pièce avec mes hommes, vêtus comme les amis de Juan Pablo. Nous nous cachons encore une fois sous les chariots. Il m'a fallu en tout une heure pour faire ce que je devais faire. Une fois ce temps écoulé, toute la *Diosa Club* a commencé à exploser de tout côté grâce à nos grenades assourdissantes qui font tomber tout le monde. Tout le club est au sol, les hommes de Juan Pablo aussi dans tous les couloirs. Les miens ont pris le plus grand soin d'envahir tout le club comme je leur avais demandé dans leurs enveloppes, pour pouvoir sortir aussi facilement que possible. J'avais tout planifié pour partir sans devoir déclencher une fusillade inutile, je ne veux pas perdre mes hommes pour rien, surtout si je peux l'éviter. Écouter les explosions retentir est jouissif, la porte gardée par les hommes de Juan se fracasse, les miens sont entrés dans la pièce et nous descendons des chariots. Nous sortons de *la Diosa* habillés en Fernozas, nous avons fait tous les couloirs jusqu'à arriver au fameux entrepôt d'où nous sommes partis. Deux camionnettes des Patouzas nous attendent fièrement, beaucoup d'hommes sont au sol en train d'agoniser de douleur aux oreilles, nous n'avons que cinq à dix minutes pour foutre le camp d'ici avant que d'autres hommes arrivent. Nous devons dégager de là rapidement. *La Diosa Club* a réellement sombré dans le chaos le plus total, jamais le club n'a été autant sens dessus dessous. Le patron peut tout recommencer depuis le début, tout le monde gît au sol et personne ne peut réellement dire ce qu'il s'est passé. Pour eux, la soirée est terminée ! L'apocalypse est au rendez-vous.

Je suis content de la mission, la plupart de mes troupes sont déjà sorties par l'entrée du club. Les autres, musiciens, gardes, sont au sol, saignant des oreilles. Ma mission est encore une fois réussie, j'avais sa tête, c'était un soir chaud et mouvementé, mais que demander de plus ? J'adore mon boulot.

CHAPITRE 7

LA BOUSSOLE

PARTIE 2

Mike est face au pirate, il ne regarde que lui, il sait que cela va être la vie ou la mort. Il n'a jamais été réellement prêt à ça, mais à ce moment précis, il l'est, il doit vivre. La pièce s'éclaire, toutes les lumières s'allument et un énorme bruit de mécanique fait trembler les murs. Une ancienne musique cubaine se met en route. Toutes les personnes présentes crient et hurlent, sauf Mike, Andrew et Elisabeth. Le pirate regarde tout le monde, fait des va-et-vient et sourit avec fierté.

— Bonjour, bonjour mes amis, je vous souhaite la bienvenue dans notre boussole marine, j'avoue que je ne m'attendais pas à un tel amour envers moi, les Pears ont fait un excellent travail. Mike, Andrew et Elisabeth, vous êtes ici pour réaliser *l'initiation des Pears*, vous êtes ici pour réaliser l'épreuve de vos pères ! Vous êtes actuellement encore en vie, mais peut-être plus d'ici quelques minutes, alors je vous souhaite bonne chance pour rendre vos prédécesseurs fiers de vous ! Vous êtes huit, il y a trois rois, deux bourgeois et trois rebelles. Votre seul but est de survivre ! lance le pirate avec indifférence.

— FERME TA GUEULE, SALE MACHINE DE MERDE ! JE VAIS TOUS VOUS TUER, BANDE DE TARÉS MENTAUX ! hurle un Patouzas, à gauche d'Elisabeth.

— COMMENT AS-TU PU NOUS FAIRE ÇA, PÈRE ! FAIRE L'INITIATION AVEC DES CHACALS ! TU ME DÉGOÛTES ! crie Elisabeth avec violence.

Elle regarde son père avec rage. Richard esquisse un sourire et regarde le visage de sa fille se décomposer.

— Et le pire, c'est qu'elle n'a encore rien vu, la pauvre ! dit-il en se moquant d'elle.

— PÈRE, C'EST UNE BLAGUE ? COMMENT TU AS PU NOUS FAIRE ÇA ? TU VEUX NOTRE MORT MA PAROLE ! grogne Andrew qui ne sait pas où se mettre.

— VOUS, LES ROIS, VOUS N'ÊTES QUE DES SALAUDS ! DÉJÀ, AU LYCÉE, JE NE POUVAIS PAS VOUS VOIR, BANDE DE CONNARDS ! JE VAIS TOUT FAIRE POUR VOUS TUER ! hurle une bourgeoise de quarante ans.

— C'EST-CE QU'ON VA VOIR, SALOPE ! rétorque Elisabeth.

— POURQUOI TU NE NOUS L'AS PAS DIT ! COMMENT AS-TU PU NOUS MÉLANGER À CES SOUS-RACES ?! JE ME SENS SALE ! J'AI L'IMPRESSION D'ÊTRE AVEC DES RATS D'ÉGOUTS ! C'EST NOTRE INITIATION À NOUS, LES PEARS, TU NOUS AS MIS DANS UNE SCÈNE DE TORTURE COMME TU LE FAIS AVEC CES REBELLES MINABLES DEPUIS TOUJOURS ! JE TE DÉTESTE ! ON MÉRITE MIEUX QUE ÇA ! pleure Andrew de rage.

Ce qui le dérange n'est même pas de mourir, mais d'être dans la même pièce que des rebelles et des bourgeois, il a envie de vomir.

— NE T'INQUIÈTE PAS, PETIT ENFANT DE RICHE, TU NE VAS PLUS JAMAIS VOIR LA LUMIÈRE DU JOUR ! JE VAIS TE LAISSER AVEC LES RATS D'ÉGOUT ! SOIS-EN SÛR ! crie avec assurance un Fernozas.

Mike, lui, regarde son père en face, il le regarde avec détermination. Cela ne sert à rien de crier ou d'insulter, ce sont tous des fous dans sa famille, et il doit tuer pour foutre le camp de cette spirale. Soudain, la pièce tout entière bouge violemment de haut en bas et de droite à gauche comme une attraction. Cela a pour effet de faire taire tout le monde. Mike en a le souffle coupé, le mouvement est violent, il faut avoir l'estomac solide.

— Reprenons, reprenons mes chers amis… pas de dispute, je vous en prie ! Nous sommes là pour nous amuser et pour réaliser l'épreuve suivante… dit le pirate qui se balance sur sa barque avec son perroquet sur son épaule.

Plus personne ne dit mot, on peut entendre les mouches voler. Mike entend son cœur battre et sa tension monte, il essaye de contrôler sa respiration.

— Bon ! Tout d'abord, nous avons à ma droite un compte à rebours de trente secondes précises, vos protections en forme de X s'ouvriront et se refermeront toutes les trente secondes, mais attention ! Si vous n'êtes pas là au moment où elles se referment, la boussole bougera et vous n'aurez plus aucun autre moyen de protection ! Toutes les armes sont à votre disposition pour tuer vos ennemis, elles peuvent être d'une grande aide comme être votre pire cauchemar, car elles ne vous protégeront pas lorsque la boussole commencera à bouger de plus en plus violemment ! Ensuite, les portes qui vous séparent les uns des autres s'ouvriront aussi toutes les trente secondes, puis se refermeront, et vous n'aurez plus qu'à prier pour survivre ! Cette initiation est très simple, vous avez donc trente secondes pour tuer et vous remettre en place ! Que le meilleur gagne ! dit le pirate qui ricane comme s'il était bourré.

— C'est parti ! dit Richard en enclenchant le compte à rebours.

— On va enfin pouvoir s'amuser ! lance Wayne Anderson, impatient comme un enfant.

La musique cubaine augmente et devient de plus en plus forte, les lumières commencent à s'allumer dans tous les sens. Mike regarde les armes au sol et observe qu'il y a une épée qu'il sait manier. Il scrute ce qu'il y a autour de lui. Son plan est simple : il doit jeter de l'autre côté toutes les armes qui peuvent lui causer du tort, mais il n'a que trente secondes pour le faire, et dans le même temps, il doit tuer ses ennemis qui vont arriver de tous côtés. Tous commencent à s'exciter et à hurler, sauf lui. Il a deux portes à gauche et à droite qui vont bientôt s'ouvrir, il doit se battre, il n'a pas le choix.

— Que le jeu commence ! lance fortement le pirate tout heureux.

Les protections en forme de X libèrent chaque candidat et toutes les portes s'ouvrent dans la boussole. Mike fonce sur l'épée qu'il a repérée, il marche sur toutes les armes qu'il prend et jette en dehors de sa pièce. Soudain, à sa droite, un Fernozas arrive en hurlant comme un gladiateur avec une épée à la main. Il est affreux, on dirait un démon sorti des enfers. Mike sait utiliser les épées, mais cela a l'air plus compliqué pour le Fernozas qui ne sait pas se servir de la sienne. Elisabeth, elle, est en train de se battre avec la bourgeoise de quarante ans qui l'a menacée.

— Tu as dit que tu voulais nous tuer, alors vas-y, petite garce ! Si tu es ici, c'est que tu ne vaux pas mieux que ces rebelles ! dit Elisabeth avec haine.

— Je suis juste mieux que vous ! Voilà pourquoi je suis ici, petite vermine ! grogne la bourgeoise.

Les deux femmes combattent avec des épées, Elisabeth est très habile et forte, la bourgeoise ne fait pas le poids.

Andrew combat avec une Patouzas, lui aussi à l'aide d'une épée. Il fait ce qu'il peut pour tuer cette femme qui le dégoûte tant. Le plus dur dans tout cela, c'est que tout le monde se bat sur un sol recouvert d'armes tranchantes, cela produit un vacarme énorme et il est difficile de se concentrer.

— Si tu es ici, c'est que ton père ne t'a jamais considéré ! Un Pears ? Toi ? Pour finir ici avec moi, c'est que vous êtes vraiment des diables ! lance la femme Patouzas avec arrogance.

— FERME-LA ET BATS-TOI ! hurle Andrew qui bouillonne de haine.

Mike se bat, mais le compte à rebours approche de zéro, il doit faire vite pour aller à sa place, sinon il va mourir.

— ANDREW, ELISABETH, ALLEZ À VOTRE PLACE ! hurle Mike de toutes ses forces. Il donne un grand coup de pied au Fernozas, qui virevolte jusque dans sa pièce à lui. Il tombe à terre sur des épées tranchantes et crie, mais il réussit quand même à se relever pour aller à sa place.

— MERCI COUSIN ! remercie Andrew qui donne un grand coup sur la tête de la Patouzas pour retourner à sa place.

Elisabeth réussit à trancher les bras et le ventre de la bourgeoise, qui s'écroule par terre en hurlant de douleur. Elle n'a plus le moyen de se relever.

— Alors, Madame ? Je pensais que vous vouliez me tuer ? lance Elisabeth avec son plus grand sourire.

Pendant ce temps, un Patouzas et un bourgeois sont en train de se battre avec acharnement en prenant tout ce qu'ils peuvent, mais ils doivent vite regagner leurs places eux aussi, et ils sont tous les deux blessés.

Les protections en forme de X arrivent et la pièce bouge rapidement comme une boule. Cette fois, elle tourne de plus en plus vite et de bas en haut, faisant voler les épées dans tous les sens. Mike regarde son père avec dégoût. Il réalise vraiment sa cruauté et s'il y a bien une chose que Mike n'a pas en lui, c'est bien ça !

— COMMENT AS-TU PU ME FAIRE UNE CHOSE PAREILLE, PÈRE ? hurle-t-il de peur à l'adresse de son père.

— C'est l'initiation, mon fils… dit Georges en soupirant devant les autres. Mais au fond de lui, il craint de perdre son seul et unique fils.

La bourgeoise n'a pas eu le temps de bouger, elle gît par terre devant Elisabeth, mais n'étant pas attachée, elle est projetée dans les airs et se fait transpercer par les épées encore présentes sur le sol. Son corps cogne violemment sur les murs, ce qui enfonce d'autant plus les épées dans son corps, son sang gicle de tous côtés et salit la pièce où se trouve Elisabeth. La boussole tourne tellement vite que le corps de la bourgeoise valdingue dans tous les sens. Elisabeth essaye de se concentrer, car les armes tranchantes virevoltent dans tous les sens de son côté. Elle tente de les éviter avec ses pieds, et passe visiblement un mauvais quart d'heure.

— ET UNE BOURGEOISE EN MOINS ! MAIS JE SUIS TOTALEMENT FIER DE TOI ELISABETH ! ALLEZ, JE VEUX DU SANG ! DU SANG ! hurle le pirate qui applaudit vigoureusement. Tout autour de la boussole, un projecteur balance sur le gigantesque mur blanc des images de la mer. La barque du pirate commence à bouger comme s'il voguait sur l'océan.

— J'AURAIS DÛ TE TRANCHER LA GORGE ET TE BALANCER DE TON CÔTÉ ! PUTAIN DE MERDE ! J'EN AI MARRE ! PÈRE, TU VAS ME LE PAYER ! hurle de rage Elisabeth en repoussant le corps de la bourgeoise qui est définitivement morte.

— JE VAIS M'OCCUPER DE TOI PETITE GARCE ! ATTENDS QUE LES PORTES S'OUVRENT ! crie un Patouzas à sa gauche.

— JE T'ATTENDS ! lui répond-elle.

La boussole s'arrête net, Mike et les autres ont du mal à retrouver leurs esprits, le compte à rebours reprend, les protections s'ouvrent et les portes aussi. Mike doit agir vite. Le Fernozas arrive sur lui comme un boulet de canon en hurlant sans pitié. Mike court comme à l'entraînement au lycée et se met en boule pour le pousser vers son côté, Andrew arrive derrière le Fernozas avec surprise, et il lui transperce la nuque avec son épée. Andrew a traversé la gorge de l'homme qui agonise, Mike a juste eu le temps de se baisser comme un ninja pour ne pas être, lui aussi, touché par l'épée.

— Putain Andrew, préviens-moi ! lui balance Mike, désorienté.

Il est sous le choc, c'est la première fois qu'il voit un homme mort devant lui. Andrew retire rapidement son épée et aide Mike à se relever, il bouscule avec son pied le corps du Fernozas qui est mort.

— ET UN REBELLE DE MOINS ! BRAVO ANDREW, MAIS QUEL COURAGE ! BON MIKE ! IL SERAIT TEMPS DE FAIRE TES PREUVES DEVANT TON PÈRE GEORGES ! MONTRE-LUI DE QUOI TU ES CAPABLE ! applaudit le pirate qui se balance de droite à gauche sur sa barque.

— Ils me dégoûtent tous plus les uns que les autres ! Ils ont pris quoi, nos pères, pour que l'on vive un cauchemar pareil ! Et cette musique, j'en peux plus ! Putain, le compte à rebours ! Va à ta place ! lance Andrew qui regagne sa pièce en regardant bien où il met les pieds pour ne pas se faire mal.

— Non, je reste ici !

— NON MIKE, LE CORPS DE CE REBELLE VA TE TUER ! REGARDE MA SŒUR, CE QU'ELLE A EU ! PUTAIN, ÉCOUTE-MOI POUR UNE FOIS !

— Oui, tu as raison, excuse-moi ! admet Mike.

Il a du mal à réaliser qu'il a réellement vu un homme mort pour la première fois de sa vie, il court et fait attention pour ne pas se faire mal, lui aussi, en sautillant comme une petite souris.

Pendant ce temps-là, Elisabeth combat un Patouzas, l'homme est beaucoup plus robuste, mais la jeune fille sait se battre. Elle regarde le compte à rebours qui diminue à vue d'œil, elle s'avance de plus en plus près de la porte où se trouve le Patouzas, le repousse avec son pied droit pour qu'il tombe et court rapidement sans faire attention aux armes. Elle se blesse les chevilles et saute sur sa protection en X qui va se refermer. L'homme Patouzas, par contre, tombe sur le dos, s'empalant sur un poignard de vingt centimètres. Il hurle de douleur sans pouvoir se lever. Lorsque le compte à rebours arrive à son terme, la porte se referme sur lui jusqu'à ce qu'il soit coupé en deux, car elle possède, dans son épaisseur, une gigantesque lame tranchante. Les Pears ont pensé à tout pour tuer un maximum de personnes et pour que le plan se déroule comme prévu.

— ET UN REBELLE DE MOINS ! FÉLICITATION À TOI ELISABETH ! MAIS QUELLE REINE ! TU ES LE DIAMANT BRUT DE CETTE CÉRÉMONIE DIS-MOI ! ALLEZ, MIKE BOUGE TON CUL, MERDE ! rabaisse le pirate qui regarde Mike, comme une pauvre victime.

— TU CROIS QUE C'EST FACILE ? SALE MACHINE DE MERDE ! ANDREW, LAISSE-MOI BUTER LES DEUX DERNIERS ! hurle de rage Mike, qui regarde droit dans les yeux l'affreux pirate qui sourit avec ses dents pourries et son perroquet débile.

— JE TE LES LAISSE, MON COUSIN…

De l'autre côté de la boussole, un bourgeois et une Patouzas se battent corps et âme pour survivre, mais le bourgeois est intelligent et essaye de manipuler la femme devant lui.

— Tu vois, c'est pour cela que vous resterez toujours des rebelles et que nous, les bourgeois, nous serons toujours plus intelligents que vous ! dit-il avec assurance.

— AH OUAIS DUCON ? SI T'ES LÀ, C'EST QUE TU NE VAUX PAS MIEUX QUE MOI ! répond-elle avec hargne.

— Ton ennemi, ce n'est pas moi, ce sont les rois ! On doit tuer les Pears, grosse conne ! Ils vont nous tuer !

— PEARS, ROIS, BOURGEOIS, VOUS ÊTES TOUS LES MÊMES DE TOUTE FAÇON ! JE SUIS UNE REBELLE ET JE NE DÉFENDS QUE LES MIENS !

— C'est sûr que ce n'est pas grâce à toi que l'on va survivre ! Mais si tu veux mourir, et ben c'est fait !

— AVEC PLAISIR ! lâche-t-elle sans réfléchir.

Le compte à rebours diminue, le bourgeois s'empresse de s'enfuir et d'aller à sa place, la Patouzas le suit en oubliant totalement le temps qui passe.

— SALE LÂCHE ! VIENS ICI, PETIT BOURGEOIS DE MES DEUX !

Le bourgeois arrive à sa place, le compte à rebours est terminé et les protections sont opérationnelles. La femme Patouzas comprend son erreur, la boussole s'enclenche et elle part violemment en arrière. Son corps tout entier s'abat sur le mur ainsi que toutes les épées tranchantes, elle n'a plus aucune chance de survivre. Toutes les armes lui tombent dessus comme des confettis, elle est transpercée de tous les côtés. Elle tombe au sol, morte. Le bourgeois se retrouve dans la même situation qu'Elisabeth, il doit se protéger de ce corps et de toutes les armes au sol.

– JE N'AI JAMAIS VU UNE CONNE PAREILLE ! hurle-t-il de rage.

– ET UNE REBELLE DE MOINS ! BRAVO À TOI PETIT BOURGEOIS, JE N'AURAIS JAMAIS PARIÉ SUR UN PETIT PUCEAU DE TON GENRE, TU M'IMPRESSIONNES ! ALLEZ MIKE, TUE LE DERNIER ET VOTRE INITIATION SERA TERMINÉE ! lance avec un air de défi le pirate à Mike, qui a juste envie de vomir tellement les mouvements de la machine sont violents.

Elisabeth doit doublement faire attention, car elle doit gérer le corps de la bourgeoise et la moitié du corps du Patouzas. Son côté est rempli de sang et elle aussi, elle en a la nausée, son père Richard la regarde avec fierté.

— Allez, je vais lui donner un petit coup de pouce, elle a bien bossé ma fille ! dit Richard en actionnant un bouton qui ouvre une trappe dans le bas du mur où elle se trouve. Lorsque la boussole se penche vers elle, les deux corps, les armes et tout ce qu'il y a tombent dans le trou, son côté se vide en quelques secondes. Elle relève ses jambes pour que tous les couteaux et les épées ne les lui tranchent pas au passage. Pendant ce temps, Wayne Anderson fait un clin d'œil à son ami Richard, il s'amuse bien.

— MERCI PÈRE ! lance Elisabeth avec soulagement.

— TU PEUX T'ESTIMER HEUREUSE, TON PÈRE N'A JAMAIS EU D'AIDE DE SON PÈRE ! dit le pirate qui regarde Elisabeth comme un vulgaire insecte.

— TOI, LA FERME !

Cette fois-ci, la boussole va extrêmement vite, Mike a les yeux qui tournent dans tous les sens, il pense qu'il va mourir là, dans cette boussole infernale. Elisabeth est heureuse que son père l'ait aidée à se débarrasser des corps, sinon, elle serait morte depuis longtemps. Les mouvements de la boussole sont interminables. Andrew ressent beaucoup de rage pour son père et pour son oncle, pour lui, c'est une double trahison. Il ne comprend pas pourquoi il doit être mélangé à ses races abjectes. Richard regarde ses enfants sans aucun sentiment, c'est comme s'ils étaient des étrangers, mais il doit avouer qu'ils ont bien bossé, surtout pour leur jeune âge.

— Tu m'excuseras mon frère, mais il serait grand temps que ton fils nous montre de quoi il est capable… dit Richard sans pitié à Georges, qui a le cœur qui bat à tout rompre.

— Je l'avoue, il m'ennuie un peu ! lance Wayne Anderson avec arrogance.

La boussole s'arrête d'un seul coup, Elisabeth et Andrew restent attachés. Par contre, Mike et le bourgeois sont détachés de leurs protections.

— Bon Mike, il serait trop facile que tes cousins t'aident ! Montre ce que tu as dans le ventre pour une fois, petite fiotte ! lance le pirate avec férocité.

— FOUS-MOI LA PAIX ! hurle Mike qui se tient au mur, pris d'une envie de vomir.

Il doit faire attention, les portes se sont ouvertes et les armes sont au sol, prêtes à le tuer à coup sûr. Il n'y a aucun bruit, mis à part la musique et l'océan qui tourne autour des murs de la boussole. Il prend une épée au sol et marche vers Andrew qui est toujours attaché, il comprend tout de suite qu'il doit faire ses preuves, il va tuer pour la toute première fois.

— Tu n'as pas intérêt à mourir, cousin ! Tue ce puceau de bourgeois et qu'on en finisse ! balance avec haine Andrew qui n'en peut plus.

— T'inquiète ! Je vais terminer le travail !

Il continue de marcher. La pièce à côté d'Andrew est vide, Mike s'avance difficilement avec toutes les armes au sol. Mais au moment où il doit pénétrer dans la pièce où se trouve le bourgeois, la porte d'en face est fermée, car Richard doit protéger sa fille Elisabeth, qui est aussi restée attachée. Les portes où se trouve Andrew se referment derrière Mike, son oncle protège ses enfants et Mike est enfermé dans la pièce du bourgeois où se trouve le cadavre de la Patouzas qui git au sol, il est face à son père et son oncle, il doit se battre et tout donner !

— Que la partie se termine enfin Mike ! lance le pirate qui rigole.

Le bourgeois plein de sang est épuisé, mais il est prêt, il le regarde avec rage, il n'a jamais ressenti autant de dégoût face à un être humain.

— Je vais te tuer, petit riche de merde !

— C'est ce qu'on va voir ! lance Mike, prêt à tout pour revoir Rebecca.

Le bourgeois arrive sur lui et crie de toutes ses forces, Mike prend le temps de bien respirer et d'analyser la situation et les mouvements de l'homme qui n'a plus de cohérence avec son corps. Il voit ce pauvre homme foncer sur lui, persuadé qu'il va gagner. Pour la première fois de sa vie, Mike a pitié pour cet homme.

Mike est rapide, il se bat très bien et utilise son épée comme si elle ne fait qu'une avec lui, le bourgeois ne fait pas le poids. Mike utilise ses pieds pour lui balancer au visage des poignards afin de le déstabiliser. Il se bat comme un professionnel, il lui taille tout le corps sans scrupules. L'homme hurle de douleur, mais Mike continue jusqu'à lui trancher la gorge comme un vrai samouraï. L'homme suffoque, son sang remonte dans sa bouche et tombe sur ses vêtements déjà remplis du sang de la Patouzas. Mike lui lance violemment un coup de pied dans le ventre, le bourgeois tombe en arrière sur un poignard bien droit qui lui transperce la tête.

— Mon dieu Mike, je n'aurais jamais cru cela de ta part ! BRAVO ! crie le pirate avec admiration.

— Et tu n'as encore rien vu ! souffle Mike avec un regard noir.
— Je suis fier de mon fils ! dit Georges en souriant.
— Et ben, je dois dire que moi aussi… renchéris Richard.

Le compte à rebours a sonné, Mike prend peur et court vers l'emplacement de l'ancien bourgeois, la protection se referme à temps sur lui, mais cette fois, la pièce tout entière change. La barque du pirate monte très haut dans la pièce, Mike et ses cousins sont propulsés vers le haut également et le sol s'ouvre, laissant tomber tout ce qui s'y trouve, et vide totalement la boussole de fond en comble. Heureusement que Mike est attaché, sinon il serait tombé aussi. Une fois toute la boussole vidée, la boussole et la barque du pirate retrouvent leur place initiale. La boussole commence à trembler, tous les murs et les portes qui séparent Mike de ses cousins s'enfoncent dans le sol. Mike n'en revient pas, c'est impressionnant, le boucan est infernal et la musique en devient horrible, à force. Après un long moment de stress, Mike peut enfin apercevoir ses cousins autour de lui, il ne reste plus que le pirate en plein milieu de la pièce, qui les regarde tous avec indifférence.

Quand toute la boussole est vide, la musique s'arrête et les lumières s'éteignent. À ce moment précis, Mike ne sait plus du tout ce qu'il va arriver. Ils pensent tous que le cauchemar est enfin terminé.
— À mon tour de jouer… chuchote tendrement le pirate avec sadisme.

CHAPITRE 8

LE MEURTRE DE SANTIAGO FERNOZAS

Je suis chez moi, il est 14 heures. J'ai l'impression que cela fait une éternité que je n'ai pas foutu un pied à la maison. Je suis en train de baiser ma femme Maria, heureusement qu'elle m'a fait deux beaux enfants, sinon, c'est la vraie mère colombienne. Je n'ai rien contre, mais après vingt ans de mariage, il n'y a plus rien à signaler. Elle est déjà vieille, elle ne sait même pas me baiser comme il faut. Normal que j'aille voir ailleurs ! Ces femmes veulent le prince charmant et le putain de romantisme qui va avec, c'est tout ce que je déteste et que je ne suis pas. De toute façon, je n'en ai rien à foutre, qu'elle reste ou qu'elle parte. Tout ce qui compte, c'est que mes enfants suivent mes traces. Je suis bien motivé pour massacrer les deux derniers clochards des Fernozas. Le prochain est Santiago, le bon baiseur de la famille. Il passe tout son temps dans les bordels de Los Angeles, mais il y en a un en particulier qui me titille légèrement, et il est bien caché par les Fernozas. C'est surtout que, pour accéder à ce bordel, il faut entrer dans un faux night shop et dire le bon mot de passe au vendeur, qui ne vend absolument rien. Tout est faux, c'est juste une bonne couverture pour que les Fernozas puissent baiser quand ils veulent, et tout ceci est payé par ce salaud de Gonzalo Fernozas. Il a créé ces foutus bordels un peu partout pour que cela soit plus discret et pour qu'il puisse bien tenir les couilles de ses hommes. Sauf que ces night shop sont bien sécurisés et remplis de gardes du corps, donc je vais devoir redoubler d'efforts pour entrer, surtout que j'ai pratiquement liquidé tous les frères. Cela fait deux semaines que mes hommes tournent partout en pleine nuit pour voir où ce Santiago de malheur va vider ses couilles. Je patiente et je cherche des idées pour réussir mon avant-dernière mission. Bien que je sois très peu étonné, Ricardo n'est plus au bataillon, je le vois de moins en moins et il m'évite comme la peste. Une vraie petite chienne quand j'y pense, c'est un incapable et un opportuniste, il ferait mieux de se prosterner devant moi. Une fois que je vais finir totalement mes missions, je vais lui trancher la tête et la mettre en décoration dans ma maison. Mais je dois attendre le bon moment, et il est pour bientôt.

Le portable sonne.

Je suis couché à poil à côté de ma femme qui s'est déjà endormie, je déteste être dans cette posture pour parler de choses importantes, mais tant pis.

— Boss, on a trouvé ce foutu night shop de Santiago ! lance Ricky.

— J'arrive…

Je raccroche, de bonne humeur. Les enfants sont encore au lycée, j'ai baisé ma femme et je m'apprête à aller à l'entrepôt. Je prends une douche et me prépare avec le sourire. Je parcours le quartier avec satisfaction et dis bonjour aux voisins, qui me voient comme un dieu vivant. Il fait beau et c'est encore une fois mon jour de chance. J'arrive devant ma deuxième maison, l'entrepôt des Patouzas, et j'entre comme si j'étais Zeus dans son temple. Ricky, Ravier et Luis m'attendent tous en buvant des bières, ce couillon de Ricardo s'accorde un petit moment charnel avec une strip-teaseuse, pendant que moi, je planifie tout. Je réalise vraiment le profiteur que c'est, cette tapette de Ricardo. Je le regarde prendre son pied en touchant les seins de ma strip-teaseuse préférée et j'avoue que j'ai la haine, car il le fait exprès, cet enfoiré. Mais soit, je dois faire comme s'il n'existait pas. J'avance devant mes hommes, qui sont très heureux d'avoir enfin de bonnes nouvelles pour la nouvelle mission. Mis à part que je suis un bon gros salopard, je dois admettre que je commence à apprécier mes hommes, je vois de l'admiration vis-à-vis de moi dans leurs yeux. J'espère qu'un jour, ma fille Rebecca aura ce même regard, car pour l'instant, ce n'est pas ça du tout. Je suis même très déçu d'elle, je n'arrive pas à la comprendre et en plus de ça, je me rends compte aussi que je l'ai un peu trop gâtée. Mais de toute façon, elle va finir par buter des hommes, c'est moi son père, c'est moi son boss et c'est moi le dieu de sa vie.

— Boss, nous avons toutes les informations dont vous avez besoin pour planifier votre mission à votre aise. De toute façon, nous allons mettre les bouchées doubles pour tuer ce fils de pute ! lance Ricky.
— Tu m'étonnes ! Sers-moi un verre de Téquila pour changer !

Je me pose devant le bar avec eux et regarde de haut Ricardo passer du bon temps. Parfois, j'ai l'impression de voir un compte à rebours au-dessus de sa putain de tête. Je sirote ce verre délicieux et je cogite sans faire attention à ce qui m'entoure, je suis dans mes pensées et quand je suis comme cela, il ne faut surtout pas me déranger. Après avoir dégusté ma Téquila, je vais dans mon bureau et je note toutes mes idées les plus folles. Passer à l'action tout de suite serait du suicide, la patience est de rigueur, alors je reste une bonne journée pour bien réfléchir, sans voir qui que ce soit. Je passe toute la journée dans l'entrepôt, mes hommes sont toujours là, à attendre mon signal. Le plan, cette fois-ci, est beaucoup plus simple, mais beaucoup plus compliqué pour moi. Ceci étant, c'est faisable, j'ai fait bien pire. Je les ai appelés seulement vers minuit. Luis et Javier sont surpris, mais heureux à la fois.
— Bon ! Je vais la faire courte, nous n'avons pas mille solutions ! Je vais vous écrire une lettre, comme à notre habitude, et vous ferez tout ce qui est écrit dessus, et pas un mot entre vous ni à qui que ce soit ! Je veux juste vous tenir au courant oralement de ce que

je vais devoir faire ! Cette pute de Gonzalo paye tous les passages de ses hommes chez les putes, mais il faut bien que l'argent circule, et cet argent est caché quelque part ! Le rôle de mes autres hommes, pour cette mission, est d'observer où ce Gonzalo met son cash. Je suis sûr qu'il le cache dans son quai où se trouvent tous ses bateaux, mais je dois savoir lequel. Mon but, pour cette mission, est de me faufiler à l'intérieur et de me cacher dans le cash que Gonzalo envoie une fois par mois à ce night shop-là précisément ! Je dois rentrer dans ce trou à rat, ni vu ni connu, personne ne doit apercevoir mon visage ! Par contre, vous, vous allez devoir redoubler d'efforts pour vous déguiser, et surtout connaître le fichu mot de passe pour entrer et pouvoir passer incognito. On doit être trois maximums et pas un de plus. Tous les autres ont déjà reçu leurs lettres, c'est pour cela que vous n'êtes pas au courant, vous devez impérativement trouver ce mot de passe ! Dans les quartiers des prostituées des Fernozas, il est bien plus facile de soutirer des informations avec de bonnes liasses de billets, car le trafic de prostituée est toujours une discussion qui se propage comme une traînée de poudre. Avec de l'argent, rien n'est secret ! Votre but à vous est de devenir de bons comédiens, et moi, de faire le sale boulot ! Vous avez tous exactement une semaine pour avoir toutes les informations possibles. Nous savons aujourd'hui que Santiago passe pratiquement tous les samedis soir à 20 heures tapantes pour baiser, puis il bouge pour aller boire jusqu'au

lendemain avec ses cousins dans l'entrepôt de Gonzalo. Il reste cloîtré dans l'entrepôt des jours durant, mais son vice est là et il ne peut pas s'arrêter. Je pense aussi que, même s'il risque sa vie, l'enfermement devient une torture pour lui et je suis heureux de le voir devenir aussi fou que Gonzalo. Maintenant, vous pouvez disposer et on se revoit la semaine prochaine !
— Cela sera fait, boss !
— J'espère bien…

Tout est en place, cela fait une semaine que j'ai tout planifié et que mes hommes sont sur le coup, c'est tellement facile ! Quelques liasses et toutes les langues se délient. La mission peut commencer…

Nous avons observé le quai de Gonzalo Fernozas et je sais sur quel bateau je vais accomplir ma mission. Pour ce coup-là, je dois être seul. Le quai grouille de Fernozas, donc impossible de passer par là. Par contre, sous l'eau, je peux passer inaperçu. Pendant une semaine, je me suis entraîné à faire de la plongée sous-marine. Mes hommes vont me relâcher le plus proche possible de leur quai sans nous faire voir. Malgré ma cinquantaine d'années, j'ai encore un bon cardio, je suis fait pour tout type de mission, je m'entraîne d'arrache-pied pour avoir ce que je veux. Je suis prêt, j'ai une combinaison de plongée discrète, mes bouteilles d'oxygène et mes armes à feu qui sont dans mon sac étanche, j'ai tout pris avec moi pour être sûr que tout se passe comme prévu. Armes, seringues, corde, vêtements de rechange, un sac pour sa fichue tête de cochon, enfin, vous savez déjà tout ce que j'emporte. Santiago va dans ce night shop à 20 heures tapantes, mais le fric entre vers 19 heures. Je dois donc être sous l'eau vers 18 heures, l'heure est très importante cette fois-ci. Mes hommes ont pris une petite barque à moteur pour m'amener au plus proche de leur quai. Une fois arrivé, ils m'ont souhaité bonne chance et j'ai sauté dans l'eau. Ils sont tous impressionnés par mon assurance et mon audace, je n'ai peur de rien et je vais tout faire pour tuer, c'est ma passion. Une fois sous l'eau, je me sens bien, j'arrive enfin à mon objectif final : tuer tous les frères. Alors certes, cette mission n'est pas de tout repos, mais j'ai hâte de la terminer pour de bon. Je nage sous l'eau, je prends le temps de savourer la mer et de voir ce qu'il se passe sous mes pieds. J'avoue que Los Angeles est une putain de belle ville. Je termine déjà ma première bouteille à oxygène, je la range autour de ma ceinture et je passe à la suivante. Je dois faire cela quatre fois de suite pour arriver enfin devant ces fichus bateaux de malheur qui ne sont pas même pas à eux, de base. Je me cache près du bateau en question et je sors ma tête de l'eau pour observer les lieux. Il y a beaucoup d'hommes qui grouillent sur le quai pour l'instant, mais je ne dois pas trop traîner, car bientôt, je vais devoir me cacher dans la caisse où se trouve le cash pour le bordel de Santiago. Je suis satisfait, car bien que je les déteste, ils sont super bien organisés. Chaque grosse caisse est posée dans le bateau avec le nom du night shop inscrit dessus avec l'adresse et tout ce qui s'ensuit, donc on ne peut pas se tromper. La nuit commence à tomber et je me débrouille pour monter sur le bateau comme une pieuvre. Personne ne doit me voir, sinon, je suis mort. Me voici sur le bateau, je me dissimule pour observer les alentours, j'ai le souffle coupé, mais je dois faire ça bien, mes hommes comptent sur moi. Ce n'est pas un lieu où je suis à l'aise, car il y a peu de cachettes, donc je prends le temps de bien respirer. J'observe les caisses et celle où je dois me cacher se trouve à côté de moi, sauf qu'elle est cadenassée. Je retire vite ma combinaison et je la jette à la mer. Heureusement que j'ai tout mon attirail dans mon sac ! J'en retire une pince à cheveux qui me permet d'ouvrir délicatement le cadenas. Une fois ouvert, je réalise qu'il est rempli à bloc, pas moyen d'y entrer.

Putain de merde !

Bon, pas le choix, je prends les liasses de billets et je les jette à l'arrière du bateau. Comme elles sont compactes et lourdes, elles coulent directement dans la mer, parfait ! J'en jette une bonne moitié et je rentre vite à l'intérieur avec mon sac. La seule chose qui m'agace, c'est le cadenas ouvert, et là, mon cœur bat très fort, car ça passe ou ça casse. Il n'y a même pas moyen de me cacher sous le cash, car tout est bien plastifié et compact. Je n'ai plus qu'à attendre ma bonne étoile ! Un homme marche sur le bateau, je l'entends discuter avec plusieurs autres. Ils parlent fort et je me demande comment je vais arriver à tuer ce fils de chien de Santiago, je n'ai pas fait tout ça pour rien !

— Toutes les caisses sont prêtes ? Car les paiements se font ce soir, mes amis !
— OUI, CHEF !

Les hommes s'affairent comme ils peuvent pour porter toutes les caisses à l'aide de chariots, puis arrive le tour de la mienne.
— Cette caisse est ouverte ? demande un homme en voyant le cadenas.

Il marche autour de l'arrière du bateau et regarde par-dessus bord, mais rien à l'horizon, tout paraît normal.
— Il bosse les yeux fermés ou quoi ? C'est toujours moi qui fais le sale boulot à chaque fois, et après, c'est moi qui me fais engueuler ! grogne-t-il.

Il ferme ce fichu cadenas, et à l'aide de plusieurs hommes, il porte la caisse sur le charriot. À partir de ce moment-là, je peux enfin respirer. Je me mets en boule avec mon sac, je ne suis pas super confort, mais pas le choix, c'est comme avec les bouteilles de champagne de son autre trou du cul de frère. Qu'est-ce que je ne dois pas faire pour mes missions suicidaires ! Je suis heureux d'avoir eu encore de la chance, parce que c'est passé près !

Une heure plus tard, j'entre enfin dans le night shop à deux balles de ces connards. À partir de là, les choses se font vite. Les hommes mettent la caisse sur le charriot et me font entrer comme le cheval de Troie dans le fond du night shop, dans une pièce bien isolée. Ils passent un long couloir et me font entrer dans une pièce avec au moins cinq hommes pour faire l'inventaire et compter les billets. C'est manque de bol pour eux, car je vais tous les buter. Je ne serai pas tout seul sur ce coup-là, Luis et Javier sont entrés comme par magie sans difficulté avec le mot de passe. Gonzalo Fernozas est un homme instable, il engage plein d'hommes, alors un de plus ou de moins, personne ne voit la différence. Luis et Javier sont habillés comme eux, ils ont fait quelques bancs solaires pour avoir la peau encore plus foncée et leur ressembler encore plus. Ils me cherchent jusqu'à trouver la dernière porte du couloir, ils ouvrent délicatement la porte et jettent des bonbonnes de gaz, les cinq hommes captent trop tard ce qui se passe, ils courent pour ouvrir la porte, mais n'y parviennent pas. Grâce à un mécanisme que j'ai développé pour les Patouzas, la porte reste fermée hermétiquement.

Une fois ces hommes à terre, les miens entrent avec un mini-masque à gaz caché sous leurs vestes et referment la porte derrière eux. Ils ouvrent le cadenas avec une pince à cheveux et je peux enfin sortir de ce trou à rat.

— Ça va, chef ? me demande Luis en me donnant un mini-masque, le temps que le gaz se disperse.

Je lui fais signe de la main que tout va bien. Javier a apporté avec lui les vêtements que j'ai choisis pour accomplir cette mission. Une fois habillé et armé, je sors tout l'argent de la caisse et je le mets sur la longue table devant nous. Je prends le temps de réfléchir, pendant qu'on essaye de mettre les hommes dans la caisse. Comme ça, on n'aura aucune trace d'eux pendant un petit moment. On essaye, mais c'est difficile. Je saute même sur eux pour qu'ils puissent rentrer définitivement à l'intérieur. La chance que j'aie, c'est qu'ils ne sont pas très grands. En forçant, c'est fait, et je ferme le cadenas. On ouvre légèrement la porte pour que le gaz parte plus rapidement, personne à l'horizon. Luis et Javier sortent les premiers, je chope un chapeau posé sur un meuble et je sors en refermant la porte derrière moi.

La mission peut commencer…

Je suis dans le couloir, il reste une porte devant moi, et là, se trouve le bordel, je ne peux plus faire marche arrière. Mes hommes sont déjà rentrés, je respire un grand coup, car je ne sais pas ce qui m'attend derrière cette porte. Je l'ouvre et vois un long escalier qui descend, avec de la musique sensuelle à fond la caisse. Il y a plein de lumières fluorescentes de toutes les couleurs. On ne peut pas se tromper, c'est ici qu'on baise ! Du parfum émane de l'escalier, j'aime beaucoup, cela donne envie de niquer une femme ou deux, je l'avoue. Je descends comme si j'étais chez moi. Il y a pas mal de raffut, des hommes partout qui boivent. Devant moi, Luis et Javier sont là, à attendre leur tour devant une réception rose fluo. Il y a un gigantesque bar rempli de femmes et d'hommes qui fument à en mourir. On ne voit plus personne quasiment, ils sont tous déjà bien arrangés et il n'est que 20 heures, ça promet ! Musique à fond, plein de femmes, alcool, fumette, drogue, tout y passe, c'est du pain béni pour nous trois. La femme de la réception ne fait même pas attention à nous, elle est bonne, tout à fait mon style, dommage que je ne peux pas faire mon affaire ! Elle nous fait entrer par une porte à l'arrière de sa réception, je la regarde avec insistance, car elle m'attire beaucoup, mais je dois buter ce fils de pute ! Une fois la porte fermée, nous sommes dans le noir le plus total. Des lampes fluorescentes sont au-dessus de nous et sur les côtés, de toutes les couleurs, nous sommes beaucoup plus détendus pour le coup. Il y a beaucoup de portes, mes hommes et moi regardons par les serrures pour voir où est Santiago, mais trois femmes arrivent par une porte pour nous amener dans les chambres. Pris de court, je fais semblant, comme mes hommes, et j'entre dans une des chambres. Je ne perds pas une seconde, je l'étrangle par derrière comme un cochon et je cache son corps sous le lit, mes hommes ont fait de même. Désolé mes chéries, mais le devoir, c'est le devoir !

Puis je vérifie bien partout et je trouve enfin cette chambre tant attendue. Santiago est couché sur le lit et la prostituée est sur lui. Je déverrouille la serrure facilement avec une pince à cheveux. J'ouvre légèrement la porte et je m'accroupis pour entrer discrètement avec mes hommes sans qu'il nous voie. Je prends mon couteau favori et le lance pile derrière la nuque de cette pute, ce qui lui tranche la gorge.

Santiago ne s'aperçoit de rien immédiatement et continue, mais elle tombe sur lui, pleine de sang. Quand il réalise enfin, il balance son corps sur le côté et essaie de prendre son arme sur sa table de chevet, mais Javier et Luis ont déjà tout prévu.

— Coucou mon chéri… lui dis-je doucement.

— PUTAIN, COMMENT TU AS FAIT ? CE N'EST PAS VRAI ! JE N'Y CROIS PAS ! IL Y A DES BALANCES DANS NOTRE MAFIA ! C'EST IMPOSSIBLE ! hurle Santiago qui tâche de cacher son sexe sous la couverture.

— Et ben, pas du tout mon cher… Cela s'appelle bien faire sa mission… C'est tout ce que vous, les Fernozas, vous ne savez pas faire…

— TU ES UN FOU SURTOUT ! AUCUN MAFIEUX SAIN D'ESPRIT NE FAIT CE QUE TU FAIS, SALE FILS DE CHIEN ! TU AS TUÉ TOUS MES FRÈRES COMME DES ANIMAUX ! JE N'AI JAMAIS VU UNE ATROCITÉ PAREILLE DANS MA PUTAIN DE VIE ! COMMENT VOUS FAITES POUR TRAVAILLER AVEC UN TARÉ PAREIL ? crie Santiago en regardant bizarrement Luis et Javier qui sourient de bonheur.

Santiago se lève de son lit et bondit sur moi comme une grenouille toute nue. Mon Dieu, quelle image, et surtout, j'explose de rire !! Luis et Javier le saisissent et le couchent sur le lit.

— TU NE VAS JAMAIS SORTIR D'ICI, CROIS-MOI ! MES HOMMES VONT TE TUER ! menace Santiago qui est perdu.
— Ah bon ? Tu parles des hommes qui baisent et qui sont déjà complètement torchés dans le bar ? Tu sais, au fond, tes hommes, ils n'en ont rien à foutre de toi et de ton frère. Ce n'est pas eux qui vont mourir, c'est toi ! Pourquoi se démèneraient-ils pour un seul homme quand la faucheuse peut t'attendre dans un coin… Tes hommes préfèrent dormir sur leurs deux oreilles, crois-moi, je sais de quoi je parle ! Après avoir massacré tous tes frères, tu ne crois quand même pas que tes hommes vont réellement rester fidèles à quelqu'un qui risque de se faire tuer à chaque instant ?
— TA GUEULE ! TU NE NOUS CONNAIS PAS ! hurle Santiago qui me crache dessus… Tout ce que je déteste !
— Encore un qui n'a toujours rien compris à la mafia… dis-je avec mépris.

J'essuie ce putain de crachat dégueulasse et je grimpe sur Santiago qui me voit comme le sida. Il gigote dans tous les sens, il n'arrive plus à rester droit, vive la cocaïne, ses pupilles sont totalement dilatées et il voit rouge. Il repère mon couteau sur la prostituée, il le lui arrache pour me l'enfoncer dans le cœur, mais Javier se jette sur lui pour le lui enlever.
— Ce n'est pas bien de vouloir se sauver, Santiago, cela s'appelle de la lâcheté ! lui susurré-je avec douceur.

— FERME TA GRANDE GUEULE, SALE BOUCHER ! TU N'ES PAS HUMAIN, MAIS UN MONSTRE ! crie Santiago.
— Mais non, mais non, je suis juste pire que tes semblables, c'est pour cela que je suis le meilleur ! dis-je avec arrogance. Passe le bonjour à tes frères de ma part…

Luis et Javier tiennent les bras de Santiago, je découpe sa tête de porc vivant sur ce lit douillet, il n'y a rien à faire, j'adore ce moment, j'ai encore réussi ma mission. Luis et Javier n'ont pas tourné une seule fois la tête, bien déterminés à tuer ce type. Je suis fier d'eux. Je prends mon sac dans lequel j'enferme sa tête. Nous déplaçons le corps près des oreillers, et à la place de sa tête, je mets deux oreillers. Nous installons le corps de la prostituée sur ses parties intimes, comme si elle lui faisait une fellation et le tour est joué… mes hommes et moi rions de toutes nos forces.
— Chef, merci pour cette expérience mémorable, je n'oublierai jamais d'avoir travaillé avec vous ! dit Javier avec fierté.
— Moi aussi chef, je peux le dire ! Vous êtes le meilleur ! admet Luis avec sincérité.
— Et moi, je peux le dire ! Vous êtes mon avenir ! leur confié-je honnêtement.

La mission est accomplie, je me débarbouille et on se barre de là. Mes hommes partent, mais pas au même moment. Je dois dire que l'on sort facilement de là, la soirée est encore pire que tout à l'heure. La majorité des hommes sont bien bourrés, je me faufile avec mon sac et monte rapidement les escaliers. Juste au moment où nous arrivons dans le couloir, deux hommes entrent là où il devrait y avoir cinq hommes en train de compter l'argent, mais personne en vue. Je vois les deux Fernozas tourner autour de la pièce en sentant une odeur de gaz, ils comprennent vite que quelque chose ne va pas. Ils cherchent la clé du cadenas qui est introuvable, parlent au téléphone, ils ne comprennent pas ce qu'il s'est passé. Ce sont les maquereaux du bordel. Moi et mes hommes sommes partis de là un à un, je fais un signe de la tête à celui qui est à l'entrée du faux night shop, sans qu'il se doute de quoi que ce soit, même si ma tête ne lui dit rien…

Pourtant, je suis bien Alejandro Gomez, le tueur des colliers de sang…

Gonzalo Fernozas est en train de baiser une femme, il ne s'est pas lavé depuis une semaine, il est caché dans son entrepôt, il ne prend même pas de plaisir.

Le téléphone sonne.

Gonzalo le regarde, il s'arrête et pense immédiatement à son frère Santiago. Il se retire et prend immé diatement l'appareil. Il est 23 heures. Son cœur bat à tout rompre.

— OUI !

— Monsieur, on a une mauvaise nouvelle…
— …
— Votre…
— QUOI, PUTAIN ! QUOI !

Gonzalo commence à fortement respirer, il ne sait plus où regarder et il part dans tous les sens.

— Monsieur A…
— ACCOUCHE, CONNARD ! hurle-t-il.
— Monsieur A a tué votre frère Santiago, Monsieur. On ne sait pas comment il a fait, mais il a réussi… Nous l'avons prévenu, votre frère est mort dans son bordel préféré. Je suis dans tous mes états, je ne sais pas comment il a fait. Soit il y a une taupe parmi nous, soit c'est le diable en personne, Monsieur.
— C'EST LE DIABLE ! J'EN SUIS CERTAIN ! raccroche Gonzalo qui balance son téléphone par terre.

Il saute sur la prostituée, tel un lion, et l'étrangle avec toute la haine qu'il a en lui.

CHAPITRE 9

LA BOUSSOLE

PARTIE 3

Les lumières s'allument d'un seul coup, ce qui fait sursauter Mike et ses cousins. Ils sont bien remontés depuis un moment contre leur père.

— Qu'est-ce qui se passe encore ! J'en ai marre ! J'ai tout donné ! T'as intérêt à bouger ton cul Mike, car je te jure, je ne vais pas prendre cher pour ta sale gueule ! s'énerve Elisabeth.

— Parle-moi autrement ! Car à l'entraînement, je te bats tout le temps ! Alors celle qui ferait mieux de la fermer, c'est toi !

— Peut-être, mais pour passer à l'action véritablement, tu n'as plus de couilles, cousin !

— Lili boucle-là ! Merci ! grogne Andrew qui ne supporte plus rien.

Le sol est devenu blanc éclatant. Tous les murs deviennent blancs et une musique classique insupportable sort de la boussole. Le changement est radical, Mike et ses cousins descendent lentement vers le sol neuf, les protections en forme de X s'ouvrent, Mike et ses cousins sont enfin libres. Ils peuvent bouger et toucher les endroits douloureux et blessés de leur corps. Le pirate est au centre de la boussole et ne bouge toujours pas, comme un mannequin, mais Mike sait qu'il va se passer encore une dinguerie. Il connaît trop bien son père et son oncle, ce n'est pas terminé ! Vers le nord de la boussole, une gigantesque table blanche brillante est apparue, avec de quoi manger, boire, se soigner. Il y a aussi de nouvelles armes pour les trois cousins, ce qui ne présage rien de bon. Ils se regardent et soudain, ils se précipitent vers la table pour se ravitailler. Elisabeth en profite pour soigner quelques coupures, elle se pose soigneusement des pansements qui ne bougent plus. Elle s'attend encore à la bataille, elle voit bien que ce n'est pas encore terminé. Elle est très agacée et déçue de ne pas avoir l'initiation des Pears qu'elle espérait tant et regarde Mike avec dégoût.

— Je ne sais pas ce que nos pères ont préparé, mais visiblement, ce n'est pas fini ! Il va falloir qu'on se serre les coudes tous les trois, sinon, nous sommes morts ! lance Andrew.

— Si on meurt, tu sais très bien à qui sera la faute… dis Elisabeth.

— Putain, tu commences vraiment me faire chier Lili ! Pour ça, ton père a raison, tu as été trop pourrie gâtée, redescends, tu n'es qu'une femme ! Tu seras toujours en dessous de nous, les hommes, dans la hiérarchie ! Petite garce, ferme-la et écoute ton frère ! se défend Mike qui montre enfin son côté noir.
— Il a raison, tais-toi à la fin ! renchérit Andrew qui la regarde méchamment tout en buvant.

Richard regarde ses deux enfants et Mike depuis son poste d'observation. Puis, il leur dit, en toute indifférence.
— Mes enfants, il serait temps de passer à la dernière étape de l'initiation des Pears, pour information, Lili il serait tant de te taire et d'écouter ton frère. Bonne continuation !

Le pirate, au centre de la pièce, ouvre les yeux et affiche un sourire sadique, son dos s'ouvre, découvrant deux bonnes épées à l'ancienne. Mike se saisit aussitôt de l'une d'elle, suivi de ses cousins. Puis la table disparaît, laissant la boussole entièrement vide.
— Quoi ? On va se battre avec le pantin ? Tu te fous de notre gueule, Père ? On va perdre, c'est une machine, bordel ! On ne fait pas le poids ! dit Elisabeth, droit dans les yeux de son père, alors que celui-ci sourit, avec Anderson.
— Je croyais que tu étais la meilleure ? lance Mike sans réfléchir.
— TOI !...menace-t-elle en levant son épée à la verticale pour viser Mike de rage.

— Ma sœur, cela t'apprendra à trop l'ouvrir… Maintenant, tu te ressaisis et on va se battre contre ce pirate de mes deux, quitte à y laisser notre vie.
— On y va ! dit Mike.
— Ah, mes enfants, persifle le pirate, je vous réserve un excellent moment en famille, j'espère de tout cœur que vous allez m'éblouir et surtout m'amuser, car, je l'avoue, je me suis bien fait chier sur ma barque !
— Ne t'inquiète pas, tu vas passer un bon moment ! lui répond Elisabeth en se mettant face à lui.

Les trois cousins sont maintenant face au pirate, la musique classique s'intensifie et le combat peut commencer. Le pirate attaque Elisabeth de front, il se bat très bien, il fonce tel un boulet de canon. Il est très fort, mais ses coups sont également plus forts que ceux d'un être humain normal. Elisabeth le sent bien, mais ne lâche rien. Mike ne perd pas une seconde pour l'aider et l'affronte sur son flanc droit, mais le dos du pirate s'ouvre encore une fois et laisse apparaître un autre bras armé d'une autre épée pour combattre. Mike et Andrew continuent avec acharnement la bataille, face à ce pirate à trois bras. Ils se battent comme des professionnels, mais rien n'y fait, l'automate ne cède pas.
— Alors, Elisabeth ? Tu ne l'ouvres plus autant, tout d'un coup ? ironise-t-il.
— Ferme ta gueule, sale machine ! Je vais me battre jusqu'à mourir…
— C'est de la triche, père ! balance Andrew à son père par-dessus son épaule.

— Laisse tomber Andrew, ne leur donne pas d'importance, il faut juste trouver son point faible ! dit Mike essoufflé.
— C'EST UNE MACHINE, MIKE ! hurle Andrew de colère.
— Tu es vraiment un con, Mike ! lance Elisabeth qui saute dans tous les sens et fait des acrobaties pour éviter de se faire couper par l'épée du pirate.
— Je ne suis pas con, mais logique ! Nos pères ne vont jamais nous laisser crever ici, mais je sais ! rétorque Mike qui se bat, déterminé.
— TU SAIS QUOI ? grogne Andrew d'impatience.
— Réfléchissez…

Le pirate rit et commence à trembler, le haut de son corps se met à tourner rapidement sur lui-même, ses trois bras virevoltent dans tous les sens alors qu'il fonce sur eux. Impossible de le combattre, les trois jeunes gens courent dans la boussole, pris de panique. Il finit par transpercer Mike et ses cousins avec les épées, les trois cousins hurlent de douleur et tombent au sol… le pirate ricane, se remet en place au centre de la boussole et ne bouge plus.
— C'est tout ce que vous savez faire ?
— CONNARD ! beugle Mike de haine.
— QU'EST-CE QUE TU SAIS, MIKE, BORDEL ! crie Andrew, couché au sol.
— ACCOUCHE, EINSTEIN ! hurle Elisabeth qui, elle aussi, peine à se relever.
— Quel est le rôle de notre famille ? demande Mike.

Lui aussi, il saigne énormément, mais il arrive à se mettre de debout.
— TUER ! crie Andrew.
— Tu oublies où et comment.
— PUTAIN MIKE, JE NE COMPRENDS RIEN ! ACCOUCHE BORDEL ! hurle son cousin.
— Toi qui prétends être le futur Pears à faire le nettoyage de Los Angeles, depuis des années, je pensais que tu le savais, depuis le temps ! répond Mike sans scrupule.
— Mike, ne commence pas à faire le malin ! Je ne rigole pas, lance Andrew la boule au ventre.
— Notre sceau familial, c'est quoi ? demande Mike à ses cousins.
— Une tête décapitée ! Et en quoi cela va nous aider à buter cette machine, Mike ! Tu m'énerves ! s'agace Elisabeth.
— Si le pirate a pété les plombs, c'est parce que je sais… On aura beau s'entretuer avec lui dans les règles de l'art, rien ne va bouger, il est immortel. On va se crever et tous mourir ! continue Mike avec sincérité.
— Tu es super bon pour encourager, dit donc c'est ça que tu voulais nous dire Mike ? Tu te fous de moi j'espère ! dit Elisabeth qui ne le supporte plus.
— Non, tout ce que je dis, c'est qu'on n'attaque pas de la bonne manière, voilà tout. Tout est rigide dans cette machine, sauf son cou ! Notre famille égorge des civils depuis des lustres, je parie que tu es fait de

chair, n'est-ce pas maudit pirate ! Ta faiblesse, c'est TON COU ! balance Mike.

— Bien joué, mon fils, dit Georges avec fierté, dans la cabine où Anderson le regarde avec le sourire.

Sans donner plus d'explications, le pirate se retourne et fonce sur Mike. Ses cousins l'ont compris, il faut dorénavant attaquer son cou. Ils n'ont plus le temps, il faut tuer cette machine rapidement. Le pirate devient très enragé, car il sait qu'il doit à présent protéger son cou, mais ils sont trois, donc il essaye de regarder un peu partout pour parer toutes les attaques. Mike et ses cousins donnent tout ce qu'ils peuvent pour tuer ce maudit pirate qui se bat avec excellence avec ses épées. Les frères Pears et Anderson regardent le combat avec admiration.

— Je ne pensais pas que mes bons à rien de gosses allaient réussir jusqu'ici, dit Richard sans pitié.

— Ils méritent leur titre, nous n'étions pas aussi loyaux quand nous nous sommes battus, mon frère, lui répond Georges, en regardant Mike avec fierté.

— Normal ! Avec un père comme le nôtre, tu pensais vraiment qu'il allait tout faire pour que nous nous aimions, Georges ? Tu as oublié comment il était ? Tu as la mémoire courte !

— Non, non, je n'ai rien oublié, mais si tu avais moins pensé à ta propre gueule, notre combat aurait été un chef-d'œuvre ! lui réplique Georges.

Jusqu'ici, il n'avait jamais osé parler comme cela de toute sa vie face à son cadet de frère.

—Ton fils a gagné, Georges ? demande Anderson.

— Ils ont gagné, le coupe Georges qui regarde son fils se battre comme un gladiateur.

Richard regarde son frère avec jalousie, il n'avait jamais vu leur bataille sous cette forme, c'était lui contre son frère et rien d'autre, sauf que pour Georges, c'était une faiblesse. Ce que font leurs enfants lui ne l'a jamais vu sous cet angle. Même ses enfants sont avec Mike et pas contre Mike. Il ne dit rien sur le moment, car il ne veut pas se ridiculiser devant Anderson et les deux hommes de haut rang qui se trouvent derrière lui.

Mike et ses cousins se battent avec beaucoup de technique pour arriver à toucher la gorge du pirate, il essaye de frapper ses jambes et ses pieds, mais rien ne le fait bouger. Mike observe ses cousins : même s'ils se battent bien, ils ne se battent pas ensemble, mais chacun contre le pirate, comme pour avoir la fierté de dire « c'est moi qui aie réussi à le vaincre et non "nous" ».

— À ce train-là, on ne va jamais tenir ! lance Mike pour réveiller ses cousins.

— Ah ouais ! Et tu veux qu'on fasse comment ? Dis-nous, toi, monsieur, je-sais-tout ! rétorque Elisabeth avec jalousie.

— Vous vous battez pour vous-même et non ensemble, vous ne réalisez toujours pas ? Arrêtez votre égoïsme à la fin ! Mettons-nous d'accord et battons-nous à trois contre lui !

— Mike c'est ce qu'on fait ! balance Andrew.

— Non, vous vous battez pour vous montrer à votre cher papa, qui se cache avec mon père dans sa cabine. Sauf que nos pères, sur ce coup-là, ne comptent plus. Si vous ne m'écoutez pas, on va tous mourir et vos papas chéris vont vite reprendre une autre femme pour pondre d'autres futurs Pears ! Alors, écoutez-moi et arrêtez de casser les couilles une bonne fois pour toutes ! leur hurle Mike qui se bat comme un fou furieux.

— …

— OK, on fait quoi Mike ?

Elisabeth reprend ses esprits et elle réalise que cette fois-ci, Mike a raison et qu'elle ne tient plus autant qu'au début.

Bizarrement, après leur discussion, le pirate devient de plus en plus rapide et puissant dans ses mouvements. Les cousins commencent à réaliser qu'ils se rapprochent de la fin. Ce qu'ils ne savent pas, c'est que leur propre père a actionné un bouton dans sa cabine sans pitié pour empirer la situation sous le regard nerveux de Georges.

— On va chacun attaquer différemment un par un, et puis à trois, on essaye de lui niquer sa gorge de malheur en même temps ! dit Mike avec froideur.

— OK, chef ! acquiesce Andrew qui ne perd pas une minute.

— OK je démarre, puis mon frère, et puis tu termines avec un bon coup sec ! décide Elisabeth, prête à tout pour liquider ce pirate de malheur.

— Je vous attends les enfants, le jeu ne fait que commencer…

Elisabeth commence à changer sa tactique, mais elle commet une erreur en se déplaçant. Le pirate arrive à lui trancher le bras, elle crie. Andrew, choqué, n'arrive plus à se concentrer et a soudain peur de perdre sa sœur. Mike, lui, voit une belle opportunité, car le pirate ne bouge plus, tellement il est fier d'avoir touché une Pears. Pendant que le pirate est focalisé sur la jeune fille, Mike en profite pour lui trancher l'arrière de la nuque. Le pirate hurle si fort que Mike et ses cousins se bouchent les oreilles.
— PETIT FILS DE CHIEN ! hurle le pirate.
— Je t'avais dit qu'ils méritaient leurs places ! lance Georges.
— La bataille n'est pas encore terminée !

Mike avait raison dans son raisonnement, le cou du pirate est fait de sang et de chair mélangés à de la robotique. Le sang coule dans son dos et se répand partout sur le sol. Elisabeth et son frère en sont dégoûtés, mais pas Mike. Il n'y fait même pas attention. Tout ce qui compte, c'est de sortir en vie pour retrouver Rebecca.
— Alors sale machine, on fait moins le malin ! le défi Mike.
— Tu n'as encore rien vu !
— Surprends-moi !

Le pirate fonce tête baissée sur Mike, ses cousins comprennent aussitôt qu'il faut le distraire. Mike lui donne une occasion de lui trancher le bras aussi. Le pirate, fier, s'arrête de bouger. Andrew en profite pour lui sauter dessus et lui trancher tout le côté droit du cou. Le sang gicle sur son visage, quelques fils ont été coupés également, faisant crépiter tout son circuit électrique.

— SALOPARD ! hurle le pirate enragé.

Le pirate a la moitié de son visage qui commence à lâcher, comme s'il avait eu un AVC. Mike lance un clin d'œil à son cousin. Le pirate fonce sur Andrew, le combat est plus dur cette fois-ci, mais Andrew ne lâche rien, jusqu'à ce que, lui aussi, laisse le pirate le toucher au bras. Au moment où le pirate s'arrête pour observer les dégâts, Elisabeth fonce à son tour sur lui et lui tranche la gorge par devant. Cette fois-ci, le pirate ouvre ses yeux et ne bouge plus. Mike en profite pour lui sauter dessus par derrière et lui transpercer la nuque de part en part. Les crépitements d'électricité deviennent inquiétants, car il commence à prendre feu au niveau de la gorge.

— Bougez de là ! Allez au fond de la pièce, cette maudite machine va prendre feu et exploser ! ordonne Mike à ses cousins.

— TU VAS FINIR EN ENFER AVEC MOI, MIKE ! grogne le pirate.

Le pirate n'a pas dit son dernier mot et court derrière lui avec l'épée dans sa gorge en feu qui lui fait fondre tout son visage et son chapeau. On ne voit plus que la machine qui brûle, traversée par une épée.

Le pirate est prêt à exploser, Mike court autour de la boussole avec cette horrible musique classique.
— Lili, lance-moi ton épée ! ordonne Mike.
— Tiens !

Elisabeth s'exécute sans réfléchir, Mike l'attrape et attaque le pirate encore une fois en touchant l'épée qui pend devant lui, le pirate crie à chaque fois.
— PETITE ORDURE !

Mike donne tout ce qu'il peut. Andrew arrive par-derrière, ce qui perturbe le pirate qui s'apprête à frapper. Mike en profite pour donner le coup de grâce en frappant puissamment sur l'épée qui transperce en rotation la gorge du pirate. Cette frappe le décapite, il ouvre la bouche sa tête tombe par terre en roulant dans la pièce remplie de sang. Son corps se met à prendre feu, sous le regard de Mike qui ordonne à ses cousins de bouger de là. Ils courent tous de l'autre côté de la pièce, le pirate finit par exploser, le sol s'ouvre en le faisant sortir de la boussole. Mike et ses cousins se regardent avec satisfaction, ils ont enfin réussi ! C'est surtout ce que pense Mike, parce qu'au fond, Andrew, Elisabeth et l'oncle Richard savent que c'est lui qui a le plus réussi cette dernière épreuve des Pears. Et cela, devant Anderson et les deux autres hommes de haut rang de la hiérarchie des rois.

Mike et ses cousins s'allongent sur le sol, ils oublient totalement leurs pères, ils sont exténués. La lumière s'éteint et la musique aussi, d'un seul coup.
— Si *l'initiation des Pears* n'est pas encore terminée, je te promets, Lili, que je tue notre père ! lance Andrew.

— Je ne te le fais pas dire, mon frère !
— Je suis du même avis, confirme Mike.

Il ferme aussi les yeux et prie que cela soit terminé pour avoir un espoir de revoir sa bien-aimée…

CHAPITRE 10

LE MEURTRE DE GONZALO FERNOZAS

Gonzalo est dans son entrepôt, il sniffe de la cocaïne sur son bureau, porte fermée. Il est 9 heures du matin, il a bu, a écouté de la musique et fort hurlé toute la nuit. Il n'est plus lui-même, il ne sait même plus qui il est. Il prend tellement de cocaïne qu'il gigote dans tous les sens en se tapant la tête contre le mur et en pleurant la perte de ses frères. Il n'est jamais tombé aussi bas. Ce qui lui fait peur, ce n'est pas la mort de ses frères, mais plutôt la manière dont Alejandro Gomez les a tués. Il fout le bordel dans son bureau, ceux qui travaillent pour lui écoutent derrière la porte, c'est comme s'il y avait un lion en cage. Il parle tout seul et casse tout sur son passage, jusqu'au moment où il se met à genoux en pleurant, il regarde le sol et voit flou.

— Nous qui avions peur de toi autrefois… Aujourd'hui, tu nous fais pitié, mon frère ! dit Santiago derrière lui, accompagné de tous ses frères décédés.

Gonzalo ouvre les yeux et se retourne en prenant son arme à feu, il n'arrive même plus à viser, il tremble de tous ses membres.

— C'est quoi ce bordel ! Vous êtes morts ! lance Gonzalo.

Derrière lui, il voit ses quatre frères qui croisent les bras.

— Tu vois mon frère, ça, c'est quand on est faible ! Tu as bu toute la soirée et en plus de cela, tu prends de la cocaïne toute la nuit ! À un moment donné, c'est logique que tu puisses nous voir. Tu deviens fou, mon frère ! rugit Juan Pablo.

— TA GUEULE ! TU NE SAIS MÊME PAS CE QUE JE RESSENS ! JE DEVIENS FOU, MES FRÈRES SONT DEVANT MOI, CE N'EST PAS POSSIBLE, JE DEVIENS FOU ! crie Gonzalo, qui se couche au sol en pleurant et en se cachant les yeux comme une victime.

— Tu as vu ça Santiago, je n'aurais jamais cru que notre frère serait aussi débile ! Tu vas te cacher longtemps dans ce fichu entrepôt ? Tu vas finir comme nous si tu continues à pleurer comme un mioche ! dit Alonso, le plus petit frère de la famille.

— TAISEZ-VOUS ! VOUS N'EXISTEZ PAS ! hurle Gonzalo.

— Bientôt, c'est toi qui ne vas plus exister ! rétorque Franco.

— VOUS ÊTES MORTS !

— Bravo mon frère ! Mais quel génie es-tu ! Je pensais que tu allais nous venger ! Au lieu de cela, tu es devenu le pire d'entre nous, tu me fais honte ! lui assène Santiago avec haine.

— AH OUAIS ? SI TU M'AVAIS ÉCOUTÉ, TU SERAIS TOUJOURS EN VIE, ESPÈCE DE FUMIER ! continue de hurler Gonzalo.

Il en a assez de se faire marcher dessus par ses frères imaginaires.

— Au moins moi, je suis mort en prenant mon pied ! Toi, tu vas crever ici mon frère, voilà la différence ! Bouge ton putain de cul et va me tuer ce fils de chien ! ordonne Santiago.

— JE N'AI PAS D'ORDRE À RECEVOIR DE TOI, SANTIAGO ! SALE BAISEUR !

— Et toi, tu n'es qu'un lâche, mon frère ! le coupe Alonso, le plus petit frère qui aimait tant Gonzalo.

— JE NE SUIS PAS UN LÂCHE ! se défend Gonzalo.

— ALORS, PROUVE-LE ! vocifèrent les quatre frères en même temps.

Ils ont crié si fort que Gonzalo se prosterne devant eux de peur. Au même moment, son téléphone sonne, Gonzalo hurle de trouille. C'est bien la première fois de sa vie qu'il perd affreusement les pédales, il tremble, il n'ose même pas regarder en face pour voir si ses frères sont toujours là ou non. Il se lève et décroche son téléphone, les mains tremblantes. Il se retourne et constate que ses frères ne sont plus là. Il est rassuré, c'est bien son imagination à cause de la cocaïne.

— ALLO ! crie Gonzalo.

— Tu vas poser ton cul sur ta chaise et tu vas la boucler mon cher neveu, tu as compris ? ordonne un homme au téléphone.
— Mon oncle… Non, je deviens fou, c'est toi Andrés…
— Non, je suis le pape, espèce de débile mental ! Bien sûr que c'est moi ! Mais qu'est-ce que tu fous, bordel de merde ! Tous mes putains de neveux sont morts ! À ce qu'il paraît, tu ne fais plus rien, tu es devenu une vraie petite pute ! Tu vas nous faire perdre une partie de Los Angeles ! Tu as intérêt à te bouger le cul, sinon, je viens moi-même te buter, petit connard ! La famille ne va pas tout perdre parce que tu n'as pas de couilles ! Nous sommes les Fernozas, les Mexicains les plus redoutables du Mexique ! Tu me fais honte ! Comment vous en avez pu en arriver là ! C'est le vieux croûton avec son Chapeau Noir qui a pu te démolir à ce point, Gonza ? Si tu ne bouges pas tes couilles, je viens moi-même te les faire bouffer ! lance avec froideur Andrés, son oncle sans scrupules.
— C'est Alejandro Gomez, murmure Gonzalo avec honte.
— Et ?
— C'est impossible de le tuer, oncle Andrés.
— Il est le diable ?
— Non…
— ALORS, C'EST POSSIBLE !

Dans l'entrepôt des Patouzas, c'est le va-et-vient, il ne me reste plus que la dernière mission à accomplir. Ricky, Luis et Javier attendent impatiemment mes ordres, beaucoup d'hommes commencent à passer devant mon bureau. Le Chapeau Noir a donné beaucoup de missions aujourd'hui, l'entrepôt ne dort plus. Je suis dans mon bureau et je planifie mon avant-dernier meurtre, car vous le savez bien, Ricardo lui aussi va passer à la casserole. Je vais devoir buter deux fumiers pour le coup, mais ce n'est pas ma priorité pour l'instant. Le tout est d'étudier le plan de leur entrepôt à deux points zéro qui ne vaut absolument rien. D'ailleurs on m'a dit que Gonzalo n'en sort toujours pas. Peut-être qu'il sort ailleurs, mais cela m'étonnerait, car on le voit nuit et jour dans son bureau. Grâce à moi, son entrepôt est devenu sa prison dorée, il devient fou et c'est tout ce que je recherche. Plus il reste là, mieux c'est pour moi. Cette mission va être une vraie mission, car j'aurai besoin de beaucoup d'hommes sur le terrain. Je veux vraiment tuer tout ce qui se trouve à l'intérieur, et en plus de cela, je veux le faire entièrement exploser. Je vais clôturer cette mafia débile et tous les enterrer vivants ! J'ai hâte d'en finir et de recevoir tous les éloges du Chapeau Noir. Je suis aussi curieux de voir ce qu'il va m'offrir après une année comme celle-là, sans commettre la moindre erreur. J'étudie avec minutie l'entrepôt, j'ai aussi remarqué que plus rien ne rentre ou ne sort, il a donc compris, mais je dois y pénétrer et j'ai une petite idée sur le sujet…

Mes hommes et moi devons rentrer par le toit de l'entrepôt, mais ce n'est pas une mince affaire. Cependant, je sais comment y arriver : il y a beaucoup de poteaux électriques reliés autour de l'entrepôt, il va falloir couper l'électricité partout, sauf dans l'entrepôt, pour pouvoir grimper sur le toit. Il me faut des hommes sur le toit et au sol, c'est une grosse mission. Je veux que Gonzalo ne se doute de rien, c'est pour cela que je dois trouver une solution pour ne pas lui couper le jus, sinon il va comprendre et je serai foutu. Je veux le prendre par surprise, c'est mon arme la plus ultime. J'aime la surprise et si je foire cela, tout tombe à l'eau. Je travaille pendant des semaines avec mes hommes. Pour le coup, Ricardo est encore inconnu au bataillon, je ne le vois plus du tout. Cela n'annonce rien de bon pour moi, le fait de s'éclipser montre le coup de pute qu'il va me faire, et je crois même que le Chapeau Noir est au courant. Cela ne me surprend même pas si c'est le cas. De toute façon, je vais le tuer, alors je m'en fous de ses plans à la con, je vais tous les tuer, un point c'est tout.

J'ai rodé moi-même le soir très tard autour de l'entrepôt pour observer et bien analyser la structure. J'ai pris tout le temps nécessaire, car c'est ma dernière mission et je dois la réussir. Je vais entrer dans la gueule du loup, tous les Fernozas seront là, il y aura beaucoup d'hommes, je dois bien réfléchir. J'ai bien observé ce connard de Gonzalo et il reste tout le temps dans son bureau, il ne descend même plus, mais je dois m'attendre à tout, c'est pourquoi je dois faire plusieurs plans. J'ai beaucoup réfléchi pendant des semaines et pour moi, ça y est, c'est bouclé. Je dois convoquer mes hommes, comme je le fais toujours.

Il est 23 heures, mes dix hommes sont devant moi, même ce fichu Ricardo qui me regarde avec haine. Ils ont leurs enveloppes en face d'eux, comme à chaque mission.

— Bon ! Cette mission est la dernière ! Vous allez lire vos enveloppes en privé. Elles sont ici devant vous, elles sont beaucoup plus conséquentes que les précédentes. Vous avez à votre disposition des hommes, chacun d'entre vous va devoir gérer une équipe, car cette mission ne sera pas de tout repos. Ne donnez votre lettre à personne, et personne ne doit savoir ce que vous faites ! Mais ça, vous le savez déjà… Je compte sur vous pour être prêt dans une heure environ. J'ai préparé tous vos équipements et ceux de vos hommes pour avoir une allure de professionnels et non de gangsters. Vous serez en mission pour le Chapeau Noir, votre allure doit être impeccable. Nous sommes la mafia la plus puissante de Los Angeles, et celui qui ose dire le contraire sera mort de mes propres mains. Ce soir, nous allons faire tomber la mafia Fernozas, alias les colliers de sang. Cette mission est la plus importante de toute votre putain de vie, nous allons rendre heureux notre boss qui attend cela avec impatience depuis des mois. Je sais que je ne suis pas un ange, mais si vous faites tout ce qui est

marqué sur cette lettre, le Chapeau Noir et moi, nous vous récompenserons au petit matin. Nous avons exactement toute la nuit pour massacrer l'ensemble des Fernozas, et moi, je m'occupe du dernier frère. La mission peut commencer.
— Oui chef ! disent tous les hommes devant moi, même Ricardo qui me regarde droit dans les yeux.

Une fois mes hommes sortis, je me hâte de me préparer. Je prends tout mon équipement sur moi. Pour une fois, ce soir, je ne vais pas me déguiser en Fernozas de malheur. Je vais être armé de la tête aux pieds et je vais pouvoir profiter de mon vrai statut de tueur à gages, comme je l'ai toujours fait. Une heure passe et tous les Patouzas sont prêts. Devant notre entrepôt, il y a beaucoup de voitures qui nous attendent. Je pars en premier avec Ricardo, Luis et Javier et Ricky. Nous sommes beaucoup à partir, j'ai l'impression que nous sommes en guerre, mais au fond, je le suis contre ce Gonzalo. Il faut tout donner ce soir pour détruire cette mafia à tout jamais.

La veille, j'ai demandé à un bourgeois d'envoyer un papier de sa société d'électricité pour avertir les Fernozas qu'il y aurait une coupure de courant de trente minutes demain soir et que c'était normal, car ils font des tests à cause d'un souci technique. Bien sûr, ce putain de bourgeois n'était pas d'accord, mais quand il a vu mes cinq mille dollars devant lui, il a fermé les yeux. Cela me donne, à moi et mes hommes, le temps de grimper sur les poteaux d'électricité comme des lézards. Je me suis équipé d'une radio pour cette mission, je suis en contact avec mes hommes les plus proches. Ricardo a la trouille de monter avec moi sur le toit, c'est bon de le voir dans cet état, il est terrorisé ce petit enculé. J'ai de la salive comme un lion tellement que j'ai hâte de l'égorger pour de bon, je suis tellement excité de pouvoir tuer ce soir.

Une fois sur le toit, tous mes hommes se mettent à leur place, ils connaissent tous l'entrepôt sur le bout des doigts, je leur ai demandé depuis des semaines d'étudier toute l'infrastructure de ce bâtiment qui était à nous avant que cette foutue mafia arrive. Sur le toit, il y a quatre gigantesques fenêtres que l'on peut faire pivoter pour entrer. Mes hommes prennent soin de les casser le plus délicatement possible, il ne faut faire aucun bruit, c'est la base, c'est mon style, un point c'est tout. Mes hommes commencent à descendre comme des serpents à l'aide de cordes. Depuis le temps, l'électricité est revenue, mais mon but, c'est de tous les tuer dans le noir. Mes hommes tirent avec leur silencieux sur les ampoules et une bonne partie de l'entrepôt se retrouve dans le noir, on ne voit presque plus rien. Cela effraie les Fernozas, ils appuient sur les gros interrupteurs, mais rien ne s'allume. Ce qu'ils remarquent tous, par contre, ce sont les débris de verre d'ampoules cassées un peu partout.

— Putain, je rêve ou les ampoules ont toutes explosé en même temps ? s'énerve un Fernozas devant ses hommes.

— Je ne sais pas, chef. Prenons nos lampes torches !

— Ce problème électrique est bizarre, s'inquiète le chef des Fernozas.
— Que voulez-vous dire, chef ?
— JE SAIS QUE VOUS ÊTES LÀ, BANDE DE FILS DE CHIEN ! hurle le chef Fernozas qui a tout de suite compris.
— Chef, à qui parlez-vous ? Il n'y a personne, répond un autre Fernozas qui regarde vers l'entrée.
— ILS SONT LÀ, BANDE D'IMBÉCILES ! JE NE SAIS PAS COMMENT ILS FONT, MAIS ILS SONT LÀ ! PRÉVENEZ GONZALO ET VITE ! C'EST UN ORDRE ! rugit leur chef, qui se fait immédiatement tuer d'une balle dans la tête.

Les Fernozas ne réalisent pas la gravité de la situation. C'est quand l'un des leurs arrive près de leur chef et qu'il réalise qu'il est au sol qu'il prend conscience qu'il avait raison.
— NOTRE CHEF EST MORT ! ILS SONT LÀ ! PRÉVENEZ GONZALO ! cri de désespoir le Fernozas, qui se fait tuer aussi d'une balle dans la tête.

Pendant que mes hommes descendent silencieusement par les fenêtres, ils tirent avec leurs silencieux une balle dans la tête de chaque Fernozas. Mais un Fernozas de malheur a eu le temps de tirer vers le haut au hasard, et il touche un de mes hommes, Gonzalo entend ce coup de feu et ouvre les yeux de stupeur. Il a sniffé de la cocaïne depuis un moment, il saute de son bureau et ouvre son armoire, il prend toutes ses armes. Heureusement qu'il a pris la décision de ne plus boire, sinon il serait déjà mort. Il veut quand même pouvoir venger ses frères. Les Fernozas à l'avant entendent aussi le coup de feu et entrent dans l'entrepôt. Une grosse fusillade éclate, mais une fusillade intelligente, car les Fernozas ne voient presque rien, alors que mes hommes sont tous équipés de caméras thermiques.

Moi, je suis avec mon fidèle Ricardo, nous allons descendre par une autre petite fenêtre qui mène au-dessus de la cage d'escalier où se trouve le bureau de cette vermine de Gonzalo, il ne sort toujours pas de sa tanière.

— Gonzalo, c'est moi… ton heure est arrivée…

Ma voix résonne dans la cage d'escalier, il réalise que je suis là.

— JAMAIS ! hurle-t-il, enragé.

Il est près, de toute façon, cela devait arriver tôt ou tard et tant mieux que cela se passe dans son entrepôt, car il le connaît sur le bout des doigts. Il prend son courage à deux mains et sort de son bureau, la cage d'escalier est plongée dans le noir, mais même les yeux fermés, il peut descendre les marches. Il pense vraiment que je suis en bas en train de l'attendre, mais en fait, je suis juste au-dessus de lui.

Je l'aperçois enfin, ce Gonzalo, dans le noir de la cage d'escalier. Pour lui donner un petit coup de pouce, je lui tire une balle dans l'épaule gauche pendant que je descends avec Ricardo en douce au-dessus de lui. Gonzalo hurle de douleur, il a tellement mal qu'il tombe et dévale les marches jusqu'à atterrir au sol comme une pauvre victime désorientée.

— JE VAIS TE TUER, ESPÈCE D'ENFANT DE PUTE !
— Mais bien sûr, je t'attends…

Gonzalo part se cacher, aucun Patouzas n'a le droit de le tuer, à part moi. Ce qui l'emmerde le plus, c'est de ne rien voir, toutes les lumières sont détruites. Il prend une lampe torche sur un cadavre au sol, ses hommes sont en train de s'entretuer pendant qu'il va se cacher comme le petit trouillard qu'il est.

Je suis avec Ricardo, nous avançons lentement et nous regardons aux alentours, rien à l'horizon en tout cas. Ici, on entend le vacarme de la fusillade, mais rien d'autre. Là où est caché ce salaud, il y a plein de caisses en bois remplies d'armes. Facile pour ce fumier de se cacher, il a tout prévu à l'avance, il savait que, tôt ou tard, j'allais venir. Cette partie de la bâtisse est grande et sombre, sur le côté à gauche, il y a de grandes fenêtres, la lune éclaire légèrement cet endroit lugubre. Je sens le bois fraîchement coupé. Il le sentait venir ce salaud, car un grand mur en bois construit récemment nous sépare de mes hommes et des siens. Ma mission peut enfin commencer…

— JE SUIS CHEZ MOI ICI ! TU NE POURRAS JAMAIS ME TUER ! J'AI TOUT POUR VOUS FAIRE TOMBER ! crie Gonzalo qui est bien caché et armé jusqu'aux dents.

— Allons, allons, Gonzalo, n'oublie pas d'où tu viens… TU ES CHEZ NOUS !

Ricardo le cherche avec ses lunettes thermiques, mais il ne le voit pas. Moi aussi, je regarde un peu

partout et je ne le vois pas non plus. Je passe de caisse en caisse comme une panthère pour qu'il ne me remarque pas, on ne sait jamais.
— VOUS NE ME TROUVEREZ PAS !
— Et moi qui pensais que tu étais le plus fort de tous tes frères, je vois que je me suis trompé…
— JE VAIS TE TUER ALEJANDRO ! TU N'ES PAS LE DIABLE ! TU N'ES PAS INVINCIBLE ! balance avec haine Gonzalo qui se déplace de caisse en caisse.
— La cocaïne te fait de l'effet, je vois.
— TU ES UN MONSTRE ! COMMENT TU PEUX ENCORE TE REGARDER DANS UNE GLACE ?
— Je peux être tout ce que tu veux… Mais je ne suis pas un lâche comme toi !
— JE NE SUIS PAS UN LÂCHE ! SALE CONNARD !

Gonzalo tire un peu partout dans la pièce, avec impatience.
— Désolé de te l'annoncer, mais à partir du moment où on se cache, cela s'appelle de la lâcheté.

J'ai réussi à le trouver et je suis derrière lui, je lui colle mon fusil derrière la tête, il devient tout blanc et s'arrête net. Il ne sait plus quoi faire, ça, il ne l'a pas du tout préparé.
— Le jeu est simple, te tuer de cette façon est beaucoup trop facile. Par contre, si tu es si courageux et pas un lâche, comme tu le dis, je vais t'affronter face à face. Je me suis beaucoup trop ennuyé avec tes

maudits frères et j'ai besoin d'adrénaline ce soir. Je vais jeter toutes mes armes sauf mon couteau favori avec lequel j'ai découpé en morceaux tous tes frères, et toi, tu feras pareil. Tu es un collier de sang, alors prouve-le !

— Face-à-face et pas de triche ! rétorque Gonzalo avec haine.

— Je ne triche jamais.

Gonzalo n'a plus le choix, il se défait de toutes ses armes. De toute façon, il est déjà mort si on voit la scène comme elle l'est. Il a peut-être une chance de tuer son pire ennemi. Il prend son propre couteau mexicain et ne bouge plus, toute son épaule gauche est remplie de sang.

— Va au centre de l'entrepôt ! Je vais retirer toutes mes armes ! Et attends-moi…

Gonzalo slalome autour des caisses, le cœur battant, dans le noir le plus complet. Il va enfin voir le vrai visage du grand Alejandro Gomez. Il aperçoit un homme arriver en face de lui, il réalise que c'est le destructeur de toute sa famille.

— Alors, c'est toi le monstre qui as tué tous mes frères ! Je n'ai plus peur de mourir à présent, car tu m'as tué de l'intérieur en massacrant toute ma famille ! Je vais me faire un plaisir de t'affronter et de voir ce que tu vaux sans tes putains d'hommes ! grogne Gonzalo qui n'a plus rien à perdre tout en se touchant l'épaule gauche qui saigne beaucoup.

— Ta mafia Fernozas est terminée !

— JAMAIS ! hurle-t-il, en fonçant sur moi comme une fusée avec son couteau à la main.

Le combat entre moi et Gonzalo est intense, riche en émotions. Il veut assouvir sa soif de vengeance et moi, je me bats pour prouver à mon boss que je suis le futur Chapeau Noir. Aucune pitié, on se frappe corps et âme et on s'affronte comme deux guerriers. Il essaye par tous les moyens de me faire des prises, mais je les évite comme un professionnel, les coups de couteau fusent, j'arrive à lui découper le haut et le bas du corps. Gonzalo arrive à peine à me toucher, mais il ne lâche rien, il continue de m'affronter. Je suis une vraie panthère, il rencontre des difficultés à m'atteindre. Parfois, je fais des prises et je continue au sol pour toucher son talon d'Achille. J'arrive à bouger dans tous les sens, Gonzalo a pris de la cocaïne et même avec ça, il arrive à peine à me suivre. Il n'est pas apte à se battre, tout son corps est amoché. Néanmoins, il continue d'espérer. Je fais des mouvements de combat face à mon adversaire, je donne tout ce que j'ai pour un homme de cinquante ans, je réalise que c'est impressionnant. Ricardo voit toute la scène, la bouche ouverte et il réalise qu'il ne fait pas le poids. Il hésite même à me tuer, il sait qu'il va mourir avec Gonzalo. Il regrette d'avoir parlé au Chapeau Noir, il doit montrer aujourd'hui à son boss qu'il est capable d'être son successeur. Visiblement, avec ce qu'il voit devant lui, il sait que ce n'est pas ce qui arrivera… Lui aussi va mourir ce soir…

Au moment où je taillade le Fernozas dans tous les sens avec mon couteau, je lui donne un violent coup de pied au visage et lui lance ensuite mon couteau dans l'épaule gauche, là où je lui ai tiré dessus au tout début. Il hurle de douleur et tombe au sol, il tombe la tête en arrière, pour lui, c'est la fin. Il arrive encore à bouger à cause de la cocaïne, mais la douleur est là ainsi que l'épuisement mental et physique de toutes ces dernières semaines. Il regrette amèrement de s'être autant laissé aller ces jours-ci. Il est couché au sol et me voit me jeter sur lui en hurlant, il est terrorisé ! Il n'a jamais vu de sa vie un homme qui peut autant ressembler au diable lui-même.

Je prends mon couteau et le sien, et je le poignarde brutalement sur tout le torse sans m'arrêter, comme un boxeur qui s'entraîne avant son match. Je lui assène au moins cinquante coups de couteau dans le torse. C'est moi le chef, c'est moi le roi, c'est moi le meilleur, point. Je vois son visage, le sang sort de sa bouche, ses yeux regardent le plafond, inertes. Sa bouche est grande ouverte, son âme a déjà foutu le camp de son corps de gros porc. Ses pupilles sont totalement dilatées, il est dans un piteux état, voilà le résultat d'une personne qui se croit être un mafieux ! De vrais débutants.

— Je me suis bien amusé. Maintenant, je vais découper ta putain de tête et l'apporter à mon boss, vos tatouages de poignard mexicain sur vos gorges m'ont donné la nausée cette année ! Ma mission est terminée !

J'égorge Gonzalo Fernozas, je savoure chaque instant. Je suis tellement heureux de pouvoir tuer, et surtout, de pouvoir montrer qui je suis vraiment. Ce métier est dans mon sang, je ne peux m'y résoudre, je mourrai un jour de ça, mais pas aujourd'hui. Une fois sa tête horrible découpée, je la mets dans mon sac. J'ai hâte de voir le Chapeau Noir. Mes hommes ont bien bossé, il n'y a plus de bruit et je comprends vite que l'entrepôt est en notre possession, la mission est réussie avec brio.

— Ta mission n'est pas terminée ! Je vais te tuer et prendre cette tête, c'est moi le futur Chapeau Noir ! Tu n'es pas un chef, mais un taré ! lance Ricardo derrière moi, en me mettant son arme derrière la tête.

Je souris, car je m'y attendais. Un lâche reste un lâche. Au moins, Gonzalo a le mérite de m'avoir affronté face à face, mais lui, c'est un vrai enfant de pute. Je me retourne à la vitesse de l'éclair et lui tranche la gorge. Il tire avec son arme en essayant de me viser, mais je détourne son bras et sa balle vient se loger dans la fenêtre d'en face. Son arme tombe alors qu'il tient sa gorge qui saigne avec abondance. Il crache du sang, et essaie en vain de continuer à me frapper avec une main. Je lui taillade le visage avec mon couteau, ainsi que les épaules et le torse, je parviens à le foutre en l'air en quelques minutes, jusqu'à lui donner un gros coup de pied dans la gorge. Il tombe en arrière, sa main toujours crispée sur la plaie béante, avec une telle violence qu'il est entre la vie et la mort.

— Non, mais, Ricardo, tu as vraiment cru que toi, tu pouvais m'évincer ? Tu crois vraiment que tu vas devenir un jour le Chapeau Noir ? Tu ne me pensais aussi con que ça ? Je sais très bien que tu as passé un contrat d'or avec lui ! Non seulement tu vas mourir, mais en plus tu vas devoir assumer toutes les conséquences derrière toi, j'ai pitié pour ta famille ! dis-je en arrivant au-dessus de lui, comme un démon prêt à le posséder.
— Jeee n'aiiii paaas deee faaamiiilleeee… dit-il en crachant du sang.
— Et ben tu es vraiment un imbécile mon vieux. Et puis, ce n'est pas grave, Ricardo. De temps à autre, je baiserai ta femme quand j'en aurai envie…
— Enculé ! dit-il en s'étouffant.
— Merci du compliment !

Je saute avec mon pied sur sa gorge pleine de sang et je l'étouffe avec mon poids, comme une truie. Il gigote dans tous les sens, et petit à petit, se laisse mourir.
— Vous vous êtes tous donné le mot ou je rêve ?

Une fois Ricardo mort, je l'égorge aussi comme Gonzalo, sans scrupules et sans aucune gêne, je suis même fier de moi. Contrat d'or ou pas, sa mission est un désastre, comme si le Chapeau Noir allait être étonné ! Je suis même surpris qu'il ait pensé un seul instant Ricardo capable de me tuer, il faut vraiment être fou pour croire cela. Lui qui pense que je suis fou, ben il s'est trompé.

Je prends sa tête et je la mets dans le même sac. Je sors de cette pièce et je rejoins mes hommes dans le grand entrepôt. Ils m'attendent et ouvrent tous les yeux avec soulagement, il y a des corps de Fernozas partout, c'est splendide à voir. Cette mission est de pure beauté, mes hommes ne m'ont même pas demandé où est Ricardo, car ils savent tous que cela ne va pas entre nous. Ils savent qu'il est mort et qu'il est dans mon sac, c'est une évidence.
— Je rêve ou vous êtes soulagés ?
— Chef, c'est normal, on tient à vous ! disent Javier et Luis en même temps.
— Qui peut me tuer, sérieusement, les enfants ? dis-je en riant.

Nous nous dirigeons vers la sortie, c'est désert. Nous sortons tous et mes hommes mettent le feu à l'entrepôt. Pendant ce temps, deux autres se sont positionnés sur un toit d'un bâtiment à proximité, où j'aimais bien m'installer pour surveiller les Fernozas. Je les ai équipés de bazookas, et au moment venu, une fois que nous sommes tous partis, ils font exploser tout le bâtiment. Cette nuit, tous les Fernozas de Los Angeles sont au courant, Gonzalo Fernozas est mort, la mafia Fernozas est finie, plus de boss, et le château de cartes s'écroule devant eux.

Tout Los Angeles voit cette fumée incroyable monter dans le ciel noir. Rois, bourgeois et rebelles savent tous qu'une mafia est tombée. Les Pears doivent dorénavant pondre une sacrée excuse pour camoufler ce bordel ! Cette nuit-là, j'ai détruit la mafia Fernozas, alias les colliers de sang. Le reste de mes hommes se sont occupés de récupérer notre territoire, c'est le feu dans la ville, un vrai chantier. La guerre est finie dans l'entrepôt, mais elle ne fait que commencer dans Los Angeles…

Les Fernozas doivent immédiatement quitter le navire. À partir de demain, la moitié de ce que nous avons perdu revient entre nos mains.

Qu'est-ce qu'on ferait sans moi ?

Le Chapeau Noir fume son cigare, il regarde des stripteaseuses danser devant lui. À sa droite se trouvent les quatre têtes coupées des frères Fernozas, plantées sur une longue pique en argent.

Il est impatient de voir la tête de ce salaud de Gonzalo Fernozas. Il attend depuis un moment, mais il sait que sa tête va lui arriver sur un plateau d'argent. Il se sent comme un roi, mais ce qui l'intrigue le plus, c'est de savoir qui va franchir sa porte.

Alejandro ou Ricardo ?

Son bras droit lui a parlé d'Alejandro Gomez depuis un long moment et il veut le tuer, car il est dangereux. Ricardo a signé un contrat d'or et le Chapeau Noir a accepté, mais au fond de lui, il sait qu'Alejandro Gomez est fait pour le trône, personne n'est aussi fou et aussi mauvais que lui. Il lui faut un successeur de taille, le Chapeau Noir commence à être fatigué mentalement, il réalise petit à petit qu'il doit laisser sa place…

Il aurait tant voulu voir le combat entre Ricardo et Alejandro, cela devait être spectaculaire de les voir en vrai. Il aurait voulu voir de ses propres yeux comment Alejandro Gomez allait lui arranger son compte. Car le Chapeau Noir a déjà pris sa décision, Alejandro Gomez va devenir le futur Chapeau Noir, c'est le destin. Il faut un diable sur le trône et il est le diable parfait pour les Patouzas. Alejandro Gomez va assurer l'avenir de la mafia pendant des années, le Chapeau

Noir peut dormir sur ses deux oreilles, l'avenir va être à son apogée grâce à cet homme qu'il admire tant.

Il pompe tout son cigare, son cœur bat très vite, car ce soir est le grand soir, c'est la chute des Fernozas. Le Chapeau Noir veut juste être seul, cela ne le dérange même pas de tuer avec son fusil ses maudites stripteaseuses, qui l'emmerdent plus qu'autre chose. D'autres tueurs à gages sont là, à fumer et à boire du whisky et de la Tequila autour de la table ronde. Ils sont au moins vingt, ils crient et rient en jouant aux cartes et au poker avec leurs armes derrière le dos, ils passent du bon temps.

Le Chapeau Noir regarde à sa droite et a hâte de savoir qui va franchir cette maudite porte…

REMERCIEMENT

Je tiens à remercier tous ceux qui m'ont aidé en participant, en soutenant et en partageant le projet de la famille Pears.

Votre implication et votre appui me motivent à continuer à écrire et à partager mes histoires les plus folles les unes des autres avec vous tous.

Merci à tous mes lecteurs qui achètent mes romans de poche partout dans le monde tel que : La France, La Belgique, l'Allemagne, l'Espagne, le Canada et les États-Unis.

Cela me touche énormément.

Facebook : La Famille Pears
TikTok : La Famille Pears.

Merci.

Dépôt légal : Novembre 2023

www.ingramcontent.com/pod-product-compliance
Lightning Source LLC
LaVergne TN
LVHW010103170826
845678LV00012B/2230

* 9 7 8 2 9 6 0 3 1 3 4 3 7 *